王人
OHBITO
Ohbito
5
神田哲也
TETSUYA KANDA

グイ
アランの力で
本来の姿に戻った
ゴブリン少女。
圧倒的な戦闘力を
誇る。
ターブ
好奇心旺盛な
妖精族の男の子。
結界術と幻術を
得意とする。
ルプス
アランに命を救われ
従者となった、
隻腕《せきわん》の狼人。
アラン・ファー・レイナル
異世界に転生した本編の主人公で、
現在15歳。触れた者を覚醒させる
「他者強化能力」を持つ。
主な登場人物

コノリ
剣闘大会でアランの
専属スタッフを務めた、
おっちょこちょいな女の子。
フランチェスカ
アランの幼なじみで、
「藍華騎士団」の
団長を務めている。
性格は勝気。
カサシス
隣国ドゥルアーン帝国から来た、
お喋りで社交的な豪腕剣士。

第一章

滴《したた》る汗が石畳の間に落ちては消えていく。

昼のうだるような暑さが残るなか、茜《あかね》色と紫色の混じりあった空に人々の喧騒《けんそう》が溶けていった。

俺――アラン・ファー・レイナルは、その光景を眺めながら仲間とともに宿に向かう。

葡萄《ぶどう》の都と呼ばれる街に軒《のき》を連ねるのは、石造りの建物。赤や紫で塗られた壁は、この辺りでとれる葡萄の色と同じだ。人々が着ている服も、その色が多かった。

ありとあらゆる場所に葡萄を模《かたど》った彫刻が存在し、粒や葉の数、向きなどのデザインで住所を表しているらしい。

酒場を示す樽やジョッキの看板が掲げられた店では、多くの人が酒を酌《く》み交わしている。

ベルドザルム領の首都パウーラは今、喜びの声で溢れていた。

冒険者達に通達された緊急依頼を受け、パウーラにやってきた俺は、ゴブリンとオーガの大群から街を守った。

大通りに未だ戦いの跡は残るものの、人々は杯《さかずき》を片手に飲み歌っている。

勝利の歌、喜びの歌、称賛の歌。様々な歌がそこかしこから聞こえていた。

女達は炊き出しのために出していた鍋を、今度は祝いの料理を作るために使っている。

男達は敵を倒すために振るっていた武器で、喜びの音を打ち鳴らしていた。

子供達は逃げるためではなく喜びから街中を走り回り、勝利の報《しら》せは、彼らの口からパウーラの隅々にまで届けられた。

それを聞いた老人達は、寿命が延びたと安堵の息をつく。

日はもう山の向こうに沈みきっていて、先ほどまで敵を照らすために使われていた明かりは、人々の笑顔を一層輝かせていた。

誰それがどこで活躍しただとか、無事だったとか、怪我をしたとか。

この勝利の話が、いたるところで飛び交っている。

その中で多く聞こえてくるのは、精霊の奇跡が起きたという声だ。

『精霊の乙女《おとめ》』が精霊を呼び出し、火の巨人フレイムオーガを打ち倒した。

精霊が彼女達の祈りに応え、パウーラを救うために現れた。

そんな噂がパウーラの民の間に広がっている。

間違っていない。藍華《あいか》騎士団のフラン姉ちゃん達がそれを成したのは、事実なのだから。

人々の嬉しそうな顔を見て、声を聞いて。今日は後世まで伝えられるべき、パウーラの歴史的な日になっただろう、と俺は確信した。

宿につき、客室に荷物を置いて一息つく。

「アラン、勝利の祝いや！　早く行くで！」

「うまいもの、たくさんあるか⁉」

「僕も行っていいよね、アラン！」

詰め寄ってきたのは、カサシス、グイ、タープの三人。

カサシスは、王都ダオスタでの剣闘大会で知り合った、凄腕剣士だ。帝国の名門貴族家の出らしいが、まったく気取らず、俺とは友人関係にある。

緑色の髪をした、下あごから覗く小さな牙がチャームポイントのグイは、もともとゴブリンだった。とある一件で俺がゴブリンである彼女の命を救ったら、小鬼族という種族になってしまったのだ。

どうやらゴブリンは皆、本来はグイのような小鬼族であったらしいのだが、神代に邪神によって醜悪な姿にさせられてしまったのだとか。

グイの場合は、俺が神様より与えられた力――祝福の光を使い回復してあげたことで、肉体と魂が浄化され、元の姿に戻った。

できれば全てのゴブリンを元に戻してあげたいところだが、なかなか難しく、邪神から解放できたのは今のところグイただ一人だ。

小さな体に透き通った羽を持つ妖精のタープは精霊樹の森に住んでいたが、ある事件をきっかけに共に行動するようになった。

彼は、人の感覚を狂わせる幻術を得意としていて、街の中など人目のある場所では、グイに幻術をかけて人間に見えるようにしている。もちろん、自分の姿は見えないようにして。

はしゃぐ三人は勝利の宴に参加したくて、今にも飛び出していきそうな勢いだ。もちろん、その気持ちは俺も同じだが。

「ちょっと待ってくれよ……っと、準備はこれでいいかな？」

「主、財布を忘れている」

「おっと、危ない。ありがとう、ルプス」

俺に財布を差し出してくれたのは、狼人のルプス。俺の従者をしてくれている。

俺は財布を懐《ふところ》にしまい、部屋の鍵をかけて、みんなと街へ繰り出した。

「んでも、騎士団の連中は大変そうやなあ」

カサシスの隣を歩きながら、苦笑して返す。

「まあ、あの人達が街の人と一緒に騒ぐわけにはいかないだろうね」

「街の外は元通りっちゅうか、綺麗になってもうたけど、中はそうはいかへんからなあ」

「亡くなった人もいるからね」

このパウーラを守るため共に戦ったダオスタ第三騎士団——通称、蒼竜《そうりゅう》騎士団、そして藍華騎士団は、死者の弔《とむら》いと壊れた建物の復旧作業に取り掛かっていた。

戦いが終わったばかりで疲労もあるだろうに、街中を動き回っている姿を見ていると本当に頭が下がる。

ちなみに俺達を含む冒険者は、パウーラを防衛するまでが仕事だったので、もうすでに依頼は達成している状態だ。

復興支援はまた別の依頼となるが、今は街中がお祭り騒ぎのため冒険者組合も窓口が閉じられていて、依頼を受けようにも受けられない。

まあボランティアで騎士団の作業を手伝えばいい話で、俺もそうするつもりだったのだが、戦いの一番の功労者であるお前達は休めと言われ、手伝わせてもらえなかったのだ。

「お言葉に甘えて、今日は勝利を味わわせてもらおうか」

「そうやな」

歩いていると、上機嫌の街の人々に声をかけられた。

彼らからまず渡されたのは、小さな樽のようなコップだ。

それを手にするや否《いな》や、なみなみと注がれる葡萄酒。

飲めと促され、口にしてはまた減った分を注がれる。

食えと言われて、勧められた串に刺さった香ばしい肉を口に運ぶ。

肉はいくらでもあると言われて彼らの指さす先を見れば、山のように積まれていて驚いた。

俺達が冒険者だとわかると、感謝の言葉を贈られた。

道を進んで場所が変わっても、人が変わっても、それらが尽きることはない。

「こちらにいらっしゃいましたか！」

しばらく街を練り歩いていると、少し息を切らした兵士が話しかけてきた。

その口ぶりから、俺達を探していたことが窺《うかが》える。

日中の暑さはだいぶ和《やわ》らいだとはいえ、まだまだ熱気が残っているのに、彼は金属の鎧を着込み、かなり汗をかいている。

とりあえず熱中症になってはいけないと思い、水を飲ませ、結界術の応用で彼の周りの気温を下げてあげると、とても喜んでいた。

一息ついた兵士から告げられたのは、明日の午前中に領主の館まで足を運んでほしい、ということだった。

特に用事はないので二つ返事で承諾すると、頭を深く下げて兵士は立ち去っていく。

さて、また街歩きを再開するかと思ったところで、周囲の人々から何やら期待に満ちた目を向けられていることに気づいた。

……たぶん、さっきの兵士にかけてあげた術のことだよな。

その後、カサシスや周りの人達にねだられ、兵士と同じように冷気の結界術をかけてあげたのは、言うまでもない。

飲んで、歌って、踊って、また飲んで、飲まされて。

夜更けまで楽しんだ俺は、ルプスの肩を借りて何とか宿にたどり着いた。

身体を拭《ふ》く気も起きず、帰ってきた格好のままベッドにダイブ。そのまま眠りについたのだった。

†

悪夢を見た。

ただひたすら、暗い道を歩く。

足元さえも見えない、闇の中。

行く先もわからず、闇雲に進み続ける。

不意に聞こえてきたのは、声だった。

意味はわからない。

呻《うめ》き声、悲鳴、それらが入り混じったような声。

俺は怖くなり、逃げ出した。

暗闇の中を必死で走ったが、うまくいかない。

何かに足を取られ、転ぶ。

起き上がり、走る。また転ぶ。

何度かそれを繰り返すと、今度は起き上がれなくなった。

足に何かが絡まっていることに気づき、目を向ける。

それは、手だった。

無数の手が、俺の足を、さらには腕を、体を捕らえて放さない。

声は出せなかった。

うつぶせのまま、永遠と錯覚するような長い時が流れる。

そんな時間を過ごして、やがて聞こえてきたのは声だった。

「お前ダけハ、ユルさナい……！」

女とも、男ともとれない声。

だが、やけに聞き覚えのある声。

何かに襲われる……！


「……ラン！　アラン！」

体が揺さぶられ、誰かが俺の名前を呼んでいる。

意識は少しずつ覚醒していった。

薄《うっす》らと目を開ければ、俺を覗《のぞ》き込んでいる誰かの顔がぼんやりと見えた。

「……アラン。大丈夫？」

かけられた声は、こちらを気遣う優しいものだ。

俺は上半身を起こし、その人物を見る。

「……フラン、姉ちゃん？」

俺の声はかすれていた。

ひどく喉が渇いている。全身に汗をかいてしまっていて、濡れた衣服が気持ち悪い。

「……何か悪い夢を見たのね。とてもうなされていたわ」

「……夢？」

そう言って俺の額《ひたい》に触れたフラン姉ちゃんの手は、冷たくて気持ちがいい。

彼女の顔は暗くてよく見えない。だけど、その表情には心配の色が濃く表れていた。

「顔色が悪いわ……それに、すごい汗。一体どんな夢を見たの？」

「……夢」

いつもなら忘れてしまう夢の内容。今回も、確かに細かな部分については覚えていない。

だけど、覚えていた。

あの無数の手の感触、そして声……。

「……怖い夢を、見たのね」

「……うん」

「そう」

フラン姉ちゃんは、言葉少なに、俺を抱きしめた。そして、ゆっくりと優しい手つきで、背中を撫でる。

突然フラン姉ちゃんの香りに包まれ、俺は戸惑うしかない。

「フフ……昔、アランがこうしてくれたのよ？」

「え？」

「覚えてない？」

「えっと……」

頭の中の引き出しを片《かた》っ端《ぱし》から開けてみるが、これといった記憶は出てこない。

そのまま答えられないでいると、フラン姉ちゃんが小さくため息をついた。

「そっか、覚えてないかあ」

「ご、ごめん、フラン姉ちゃん」

「でもそれって、記憶に残らないくらい何気なくしてくれたってことよね。そんなことができるアランは、やっぱりすごい子だったのね」

フラン姉ちゃんに背中を撫でられつつ優しい言葉をかけられて、顔が熱くなった。

「フフフ。いつかとは逆の立場ね」

「確かに、そうだね」

俺の顔色が大分ましになったのだろう。

小さな明かりしか灯らない、光の術具。その光に照らされて、フラン姉ちゃんは小さく笑った。

真夏の夜の悪夢は、優しい彼女によって、汗とともに流れ落ちて消えていった。


身体を拭いた俺は、部屋に二つあるベッドのうち、フラン姉ちゃんが座るベッドとは別の方に腰掛けた。

互いの膝《ひざ》と膝がつきそうな距離で向かい合う。

この部屋は急遽《きゅうきょ》用意されたもので、かなり狭い。ベッドが二つ置かれれば、あとはその間を人一人が何とか通れるくらいのスペースしかないのだ。もちろん、椅子や机なんて気の利《き》いたものはない。

フラン姉ちゃんは騎士団所属だからきちんとした部屋を用意されたはずだけど、俺達は冒険者枠での参加だ。そのため、間に合わせの部屋をあてがわれたのだろう。

でも別に不満はない。功労者として、さらには救国の英雄ヤンの息子として大々的に俺のことが公表されるよりはよっぽど気楽だし、これで良かったと思っている。

まあ、この宿の主人には「街を救ってくれた方々をこんな所に泊めるなんて」と、めちゃくちゃ恐縮されてしまったけど、カサシスもこの状況を面白がっていたし問題ない。

「で、フラン姉ちゃんは、こんな夜更けになんでここに来たのさ？　一応、俺も男だよ？」

「……え？　だって、アランがどうしてるか気になったんだもの。騎士団の仕事を一通り片付けたら、こんな時間になっちゃっただけよ」

「だからって……！」

「それに、快《こころよ》く入れてくれたわよ、あのサージカント様が」

フラン姉ちゃんが扉に視線を向けると、小さな物音が響き、気配が動くのがわかった。

「……カサシスが？」

「ええ。彼が見張っているんだもの。アランが私に変なことなんて、できるわけないでしょ」

「じゃあ、フラン姉ちゃんは、あいつがそこにいるのがわかってて……？」

「当たり前でしょう。まったく！」

フラン姉ちゃんは少し顔を赤くして、頬を膨らませた。これは幼い頃からの、彼女の恥ずかしさをごまかす仕草だ。

これをしているとき、下手なことを言うと本気の怒りモードになってしまうから、俺は何も口に出さない。

可愛いとか愛らしいとか言うと逆効果なのは、俺が身をもって知っていることだ。

フラン姉ちゃんは見張りと言ったが、扉の向こうの気配はすでに消えている。

カサシスが気を利《き》かせて立ち去ったのだろう。あいつのことだから、俺がフラン姉ちゃんに変なことをしないのは十分わかっている。

もちろん、俺を信用してくれているのはフラン姉ちゃんも同じだ。見張り云々と言ったのも、ほんの冗談にすぎない。カサシスがいなくなったのを横目で確認すると息を吐き、俺に向き直った。

「アランが気になったのも本当だけど……私が、ここに来たのは」

「うん」

居ずまいを正して、俺もフラン姉ちゃんの目を見つめる。

「来たのは……」

「来たのは？」

しかしフラン姉ちゃんの言葉はなかなか続かなかった。

俺は下手なことは言わないよう、じっと彼女の言葉を待った。

そんな俺に、フラン姉ちゃんは咳払いを一つして、口を開く。

「明日、ベルドザルム家で、式典が行われるのだけど」

「式典？　今回の勝利の？　……それとも、犠牲者の葬儀？　一応、俺も呼ばれてるよ」

「……両方、と言いたいところだけど、違うわ。明日の式典は、勝利を祝うものよ。犠牲者の葬儀は、後日行われるの」

「後日？　神光教会の神父はこの街にもいるだろうし、葬儀はその勝利の式典と同じ日にでもできるんじゃ？　もしかして、その神父が今回の戦いで……？」

「いえ、違うわ。神父様はご健在よ。ただ、葬儀は後日……と言ってもあと三日ほどだけど、その日取りで行うほうがいいという、上の決定なのよ。それに明日行う式典も実は慰労会のようなもので、正式な式典は葬儀と同日に行われることになっているわ」

「神父はいるのに、葬儀はしない。しかも明日の勝利の式典も、正式なものじゃない……？　上の人がなんでそんな日取りにしたのか、意味がわからないよ。葬儀だけ、先にすることはできないの？」

「アラン、教主様がダオスタにいらっしゃるって話は知ってるわよね？」

「え、うん。そりゃ知ってるけど」

「実は、今回の件をお聞きになった教主様が是非《ぜひ》とも犠牲者を追悼《ついとう》したいと仰《おっしゃ》っているみたいで、ね。光栄なことだから、ついでとばかりに同日に正式な勝利の式典も行おうと上は判断したみたいよ」

「はあ、教主様が」

なるほど。理屈はわかった。

確かにこの国のみならず、大陸最大規模の宗教である神光教会の、それも教主自《みずか》らが式典を行うと言っているのだ。滅多に起こり得ない出来事ではある。

一方、ベルドザルム領主としては、街を守ってくれた功労者達を労《ねぎら》い勝利を祝う場を早く設けたい。だから明日、非公式の式典を催すというわけだ。

しかし、勝利の式典はともかく、死者を弔《とむら》う葬儀は何よりも優先すべきだと思う。

彼らの魂はまだ肉体に、現世に未練があり、その場に留まってしまっているのだから。

そんな心情が顔に出ていたのか、少し困ったようにフラン姉ちゃんが話しかけてくる。

「簡易的に、この街の神父様が慰魂の儀式を行っているから、心配しなくてもいいと思うのだけど」

「……そっか。そうだよね」

神父が魂の慰めをしているのなら大丈夫か。俺はそう納得した。

「そういえば、フラン姉ちゃん。グレタは……？」

焼き菓子に薬物を混入し、フラン姉ちゃんをはじめとした藍華騎士団に所属する貴族令嬢を意のままに操っていたグレタ。

藍華騎士団の団員は俺の光の力で正気に戻ったが、首謀者であるグレタは取り逃がしてしまった。今回のパウーラの騒動の後、突然姿を現して俺を襲ってきたのだが、襲撃に失敗するとそのまま立ち去ったのだった。

「……捜索しているけど、見つからないわ。アランの言っていた通り、もうこの街にはいないかもしれない」

「でも、フラン姉ちゃん。昨日も言ったけど、グレタはもう……」

あのグレタの様子は、明らかに異常だった。何か邪悪なものに取り憑かれたような、憎しみに駆られた表情と声は忘れられない。

「……わかってる。……でも、信じたいのよ」

藍華騎士団としても、もっと人員を出して捜索にあたりたいそうだが、今はとにかくパウーラの復興と教主来訪に備えなければならない。フラン姉ちゃんは歯がゆい思いをしているだろう。

いたたまれなくなって、俺はグレタから話題を変えるために、明日のベルドザルム家での式典に話を戻した。

「で、明日の式典で何か気になることでも？」

「式典自体はいいのだけど、ただ、あれよ」

「あれ？」

「その、私を……」

「フラン姉ちゃんを？」

「だから……あれよ。光の騎士団が……」

「光の騎士団って、神光教会の？」

「そう。それが、私に入隊を許可するって言ってきて……」

「えっ⁉　フラン姉ちゃん、光の騎士団に入るんだ⁉」

「は、入るわけ、ないじゃない！」

俺が驚いて声を上げると、フラン姉ちゃんは慌《あわ》てて否定した。

「え？　でも、光の騎士団だよね？　すごい名誉なことなんじゃ？」

「そりゃ、名誉は名誉よ。大名誉ね。だけど、女性はあの騎士団に入ったが最後、除隊するには光の騎士団の男性と結婚しなきゃいけないのよ⁉　そんなの、私には無理に決まってるじゃない！」

「あ……」

そういえばそうだった。

光の騎士団――正式名称は『神光教会直轄神主警衛隊』という。

ゴブリンやオーガなんかが闊歩《かっぽ》する世界だ、当然自分達の身を守るための武装が必要となる。

大仰《おおぎょう》な名前の通称『光の騎士団』は、要するに神光教会が所有する武力のことだ。

「警衛」と名前がついているが、光の騎士団は門番のように一定の箇所を守るわけではない。その前につく「神主」という字のごとく、神を――そしてその使いである神光教会を守るという御役《みやく》を、神から与えられた組織なのだという。

光の騎士団に所属するのは、男性の場合は既婚者でも問題ないが、女性は未婚の乙女に限られる。

フラン姉ちゃんの言う通り、女性だと除隊が簡単には認められないらしく、許されるのは結婚が決まったとき、もしくは三十歳を超えた場合のみ。

ちなみに光の騎士団に所属する女性は、同じ騎士団所属の独身男性と結婚するケースが圧倒的に多いそうだ。だからこそ、さっきのフラン姉ちゃんの発言になるのだが。

ともかく、神は神光教会と共に、信者と共にある。それが彼ら神光教会の教えだ。

だから、彼らは教会を、信者を守り、なによりも教主を死守する。

今回パウーラにやってくる教主の護衛も、当然光の騎士団が務めている。それも、かなりの規模で。

「光の騎士団のことは忘れてたな。だけど、戦力があるなら今回の戦いに教会も少し力を貸してくれれば良かったのに」

「仕方ないわよ。光の騎士団にとっては教主様をお守りするのが最優先だもの。教主様が襲われているのならいざ知らず、他国の一地方の街が襲撃されたくらいじゃ、動くことはないわ」

「……そうなんだ」

ちなみに彼らはその求められている役割の特性上、守りの技術に長《た》けているらしい。

人間一人が構築できる結界術ならば俺の母がこの国で一番で、母を上回る個人の術者がいるとすれば、うちのレイナル領にいる妖精族くらいだろう。

しかし聞くところによると、集団での結界をはじめとした防御陣の構築において、光の騎士団の右に出るものはないのだとか。

会話が途切れ、静かになった部屋の中。遠くから街の喧騒が風に乗って聞こえてくる。

「……とにかく、明日！」

「え、うん」

「明日、アランは……私の、そ、その……婚約者として、ベルドザルム家まで一緒に行くのよ！い、いいわね⁉」

突如大声を発したフラン姉ちゃんはその勢いのまま、足早に……いや、全力ダッシュで部屋から出て行くのだった。

「……え？　婚約……者？　フラ……ね、……えぇ？」

一人、混乱する俺を取り残して。

†

戻ってきて早々、動揺しきりの俺の話を聞いたカサシスは、なんでもないことのように言った。

「あー、それはあれや」

「何か、知ってるのか？」

「あれや。フラン姉ちゃんは多分、光の騎士団を牽制《けんせい》したいんやと思うで」

フラン姉ちゃんがあんな……俺を婚約者だなんて言った、その理由を。

「牽制……？　確かに、光の騎士団に入隊したくないって言ってたけど」

「だからや。婚約者がおるって言っとけば、光の騎士団も無理やり入隊させるなんてできへんもん。俺のとこにも、同じような話が来たで？　それも三人から」

「もしかして、ベルさんと、リーゼと、ミモザ？　ってか三人て、カサシスはすごいな」

「何言ってんねん。そんなん、本心やないに決まっとるやん。流石《さすが》に団長のフラン姉ちゃん差し置いて、アランには頼めなかっただけやで。ま、精霊の乙女に言い寄られるんも、悪い気はせえへんけどな」

カサシスの言うように、フラン姉ちゃんは光の騎士団に入りたくないがために、俺に婚約者役をやるように言ったのだろう。

でも、それならそうとはっきり言ってくれればいいのに。

「……ん？　てことは、俺、あの三人からも？」

「だから、そう言っとるやん。ほんまモテモテやな、アラン」

「まじっすか」

衝撃の事実。考えないようにして、話題を変える。

「それにしても、もう光の騎士団がこの街に来ているってことだよな」

「来とるのは先遣隊《せんけんたい》やな。なんでも、あの戦いを偵察隊《ていさつたい》が見とったらしいで？　そんで、すぐに報告あげたんやろ」

「近くにいたんなら、ほんと手伝ってくれればよかったのに……」

「ま、光の騎士団やし、戦力の期待はできへんかったやろ。教主様になんかあったら、えらいことやしな」

「……まあね」

理屈はわかるけど、腑《ふ》に落ちない。もやもやした気持ちを抱えたまま、その日は床に就《つ》いた。

†

翌日、俺はベルドザルム家へと赴《おもむ》いた。

約束した通り、フラン姉ちゃんの婚約者として一緒の馬車に乗る。

カサシス達は、俺達とは別の馬車で後をついてきた。多分こんなところでも、気を遣ってくれたんだろうなあ。

がたごとと揺れる馬車で向かい合わせに座る俺とフラン姉ちゃん。彼女はなんだか緊張しているみたいだ。

「フラン姉ちゃん」

「な、なな何よ?」

「そのドレス、綺麗だね。よく似合ってる」

「は?」

フラン姉ちゃんの着ているドレスは、空のように真っ青だった。

装飾は控えめながら、さりげなく施《ほどこ》された刺繍《ししゅう》とフリルは、日に照らされた雲のように白い。

俺は自分の言葉にフラン姉ちゃんが照れると思っていた。それで緊張がほぐれるならいいなと考え、わざと少し気障《きざ》な台詞《せりふ》を吐いたのだ。もちろん、本心からの内容ではあるが。

フラン姉ちゃんは少しの間、呆けていた。

「ふ、ふふふ……。あはは……あはははは！」

しかし突然笑い出したフラン姉ちゃんに、今度は俺が呆けてしまう。

あれ？　なんだか思っていた反応と違うぞ？

もっとこう、顔を赤くするとか、俯《うつむ》くとか、そんなふうになると思っていたのに。

「フフフ、アランもそんな言葉を言うようになったのね」

彼女は目尻に指を当て、涙を拭《ふ》く。

「あー、まあ、ね」

「生憎《あいにく》だけど、その手の言葉は言われ慣れてるのよ」

「そっか。残念」

フラン姉ちゃんを照れさせるという俺の企《たくら》みは、見事に失敗したわけだ。

だけど、本来の目的である、彼女の緊張をほぐすということには成功したように思う。

「ごめんね。昨日はいきなり婚約者だなんて言われて、混乱したでしょう？」

「うん。まったくだよ」

「ごめんってば」

「それで？　やっぱり光の騎士団への牽制なんだ？　光の騎士団に入る許可をもらったって話だったけど、それってつまり勧誘ってことでしょ？」

「いえ、まだはっきりと誘われたわけじゃないけれど、入るように勧められるのはまず間違いない

と思ったから、先に言ったのよ、婚約者がいますって」

「それで、相手はなんて？」

「特に何も？　多分こう言われて断られることなんて、珍しい話じゃないんじゃないかしら？」

「で、今日連れて来いって言われたんだ」

「そこまでは求められなかったけどね。アランが言った通り、牽制ってことよ」

「そっか」

馬車の進むスピードが落ちてきた。そろそろ到着するのだろう。

俺は窓から顔を出し、前方を見る。

「あれ、門から人が出てきた。出迎えかな？」

「ああ、多分そうね。今日の式典の前にベルドザルム侯爵がアラン達に挨拶をしたいとか、そういうことじゃないかしら？　ほら、貴方《あなた》達、まだ侯爵にお会いしていないでしょ？」

「ベルさんの父親ってことだよね。うん。確かにまだだった」

「流石に今回の戦いの功労者に顔合わせもせず式典はできないでしょうから、先にお礼を言いたいってことだと思うわよ」

ベルドザルム侯爵家は葡萄畑に囲まれていた。

これから収穫なのだろう。植えられている葡萄の木はたわわな実を豊富につけている。

敷地内にある倉庫の中には、大きな樽がいくつも見えた。あの樽で葡萄酒を作るのかもしれない。

幾人《いくにん》もの使用人が門の前に並び、俺達の乗る馬車を出迎えた。

門の前に立って両手を広げているのは、恰幅《かっぷく》のいい壮年の男性。使用人とは違う、上等な紳士服を着ている。ベルさんと同じ、濃い茶色の髪だ。

隣にはベルさんが立ち、男性と同じようにこちらに視線を向けている。

きっと、あの男性がベルさんの父親、ベルドザルム侯爵に違いない。

地面に降り立った俺達に使用人達が一斉に頭を下げ、ベルドザルム侯爵は大きな声で、言い放った。

「よくぞいらっしゃった！　パウーラの英雄よ！」


俺達はベルドザルム家の応接室に案内され、葡萄酒を振る舞われた。

昨年作ったというこの葡萄酒は、通《つう》に言わせると若くて深みがないそうだが、俺にとってはあっさりした、爽やかないい味だ。

俺の向かい側に座ったベルドザルム侯爵は、にこやかにグラスを傾ける。

「今年の葡萄酒は、かなり期待ができそうなのですよ」

「ほほー。葡萄王と言われとるアンタが言うんなら、相当なもんやろなあ」

カサシスは相手が侯爵でも普段通りだ。まぁ、サージカント家のほうが大きい家なのだから当然か。

「ははは、私が王などと恐れ多い。まあ、今年の葡萄は例年並みではあったんですが……」

「例年並みなのに、かなり期待できるんですか？」

「ふふふ。そうです、昨日までは例年並みでした……。ですが、あの精霊の奇跡の後、なんと葡萄の粒が、今までになく良いものになっていたんです！　それもこれも、皆さんのおかげです。このパウーラを救ってくださり、本当にありがとうございました」

そう言って、ベルドザルム侯爵とその隣に座るベルさんは頭を下げる。

「私からも御礼申し上げます。ありがとうございました」

ベルドザルム侯爵が言うには、精霊達が戦いで荒れた大地を回復させるという奇跡を起こしたことで、もともと育っていた葡萄の実まで良質になったのだとか。

しかも俺達がフレイムオーガを倒した場所には、一際《ひときわ》大きな葡萄の木が生えてすぐに実をつけたそうだ。

試しに食べてみたところ、甘さの中にほのかな酸っぱさを備えた、生食でも十分においしい葡萄だったとのこと。

先祖の悲願が叶ったと言う侯爵の笑顔には、心からの喜びが溢れていた。

そうしてお礼をされた後、俺達はベルドザルム侯爵家の前にある石畳の広場に案内された。

今日の式典会場はここらしい。

もう少しすれば、広場は収穫された葡萄でいっぱいになるそうだ。街の人が総出で葡萄酒作りに参加するのは圧巻だと、いつか読んだ旅行誌にも書いてあったっけ。

やがて、広場は式典に参加する人で溢れ返るようになった。

式典には、パウーラの騎士、兵士、街の名士。そして今回の騒動で共に戦った、ダオスタの騎士団や冒険者達が参加している。

葡萄酒の注がれた杯を一斉に掲げて、死者へと祈りを捧げ、また勝利を祝う。それは終始どこか厳《おごそ》かな雰囲気で行われた。

「この戦で、友人を、家族を失った者も多いだろう。私達は懸命に戦い、傷ついた。だが、今はこうして、杯を共にしている。この地で作られた葡萄酒を手にしている。芳《かぐわ》しい香りを嗅《か》ぐことができる。美しい色を見ることも、味わうこともできる。なんと幸せなことか。我らは勝った。そう、我らは勝ったのだ！　あの亜人共に！　皆も見たであろう、精霊の姿を、奇跡を！　皆で讃《たた》えようではないか！　炎の巨人を打ち倒した、英雄達を！」

厳粛な雰囲気は一転、ベルドザルム侯爵の言葉で皆の気持ちは高揚していく。

壇上へと促された俺はその熱気にあてられて、逆上《のぼ》せたようになった。

俺のことを……俺達のことを英雄だと呼ぶ声が一層大きくなる。

また、同時に精霊の乙女への称賛も声高に叫ばれた。

この日、俺は勝利に導いた立役者として、パウーラの英雄という名を授けられ、多くの人々に祝福されたのだった。

式典が終わった俺達は、侯爵に連れられて再び応接室にやってきた。

部屋の中で待っていたのは、銀の鎧を着た二人の騎士だ。

その顔に見覚えはない。俺と同じ、黒髪の若い二人。キースとイエンと名乗った彼らは、光の騎士だった。

キース達は先遣隊で、二日後に行われるパウーラでの正式な式典に参加した後、さらにダオスタに向かうそうだ。

「では、あなたがフランチェスカ様の、婚約者という……？」

「そしてそちらの精霊の乙女達の婚約者は、帝国のサージカント家のカサシス様、ですか」

「ええ。そうです」

「そうや」

俺とカサシスはそう答え、フラン姉ちゃん、ベルさんにリーゼ、そしてミモザは静かに口を閉ざしている。

そのような設定になっています——などとは言えない。

「私とアランは幼い頃から家族ぐるみで付き合いがあるのです。お疑いになるのですか？」

「いえ、そのようなことは」

「ただ、まさかフランチェスカ様のお相手が、あのレイナル家のご子息だとは思わなかったもので」

苦笑しながら返すキースとイエンに家名を言い当てられ、少し驚く。

「俺のことを知ってるのですか？」

「もちろんです」

精霊を呼び出し、奇跡を起こした精霊の乙女。その乙女達を神光教会に取り込むためにこの二人は来た。そう思っていた。

だけど二人の騎士は、意外にもそれほどフラン姉ちゃん達に固執《こしつ》してはいないようだ。

「アラン・ファー・レイナル様。此度《こたび》は亜人の群れの中に身を投じ、カサシス様や仲間と共に炎の巨人を打ち倒したとか」

「まさに英雄と呼ぶにふさわしいご活躍。まるで物語の中の勇者のようですね」

「お父上はこの国の英雄、ヤン様。そして、お母上は、宮廷法術師として数多くの法術を開発されたマリア様であられる。アラン様ご自身も、結界や治癒術などに精通していると伺《うかが》っています。さらにはレイナル領で産出される虹石の権利を我が物とすることもなく、多くの獣人を受け入れているそうですね」

キースとイエンの称賛の言葉は止まらない。

「どうでしょう、貴方様のお力を世界のために役立ててみては？」

「アラン様がすでに多くの人々をお救いになっているのは我々も承知です。しかし、より多くの方を救うために、神の御名のもとに——光の騎士団に入ってみてはいかがでしょう？　世界の救いのために、私達と共に！」

「アラン様を光の騎士団にお迎えすること。それこそが我らが神より与えられしこのパウーラでの使命。いや、運命！」

「光の騎士団に入り、神の御下で人を救っていくことこそがアラン様の神命なのです！」

そう。二人は精霊の乙女ではなく、むしろ俺を勧誘してきた。それも、がっつり。

彼らはうちの事情にやけに詳しかった。

まあ、光の騎士団に所属する者の出身国は様々だと聞く。ここグラントラム王国出身の騎士がいてもおかしくないだろう。

隣に座るフラン姉ちゃんは予想と違う展開に困惑しつつも、静かに成り行きを見守っている。ベルさん達三人は、顔を見合わせるばかりだ。

使命。運命。宿命。神命。彼らはそんな言葉を使って、俺が光の騎士団に入るのは定めだと言った。が、そんなことを言われても、正直困る。

助け舟を出してくれたのは、カサシスだった。

「まあまあ、お二人とも。アランかて、そんな捲《まく》し立てられてもすぐには答えられんやろ。考える時間も必要や。ここは少し時間をおいたらどうや？」

しかし、二人は易々とは引き下がらない。

「こうやって私達がアラン様とお会いできたのも、神のお導きあってのことなのですよ」

「いや、だからって、この場で返事はできへんやろ。アランにも色々と都合っちゅうもんがあんねん。いったん落ち着こうや。な？」

「アラン様は光の騎士団に入るべき人なのです！」

カサシスが宥《なだ》めるが、二人はなかなか気持ちを変えなかった。

なんだか、神様を出されてしまうと何も言えなくなるな。ここで無下に断ったら、まるでこっちが悪いみたいじゃないか。

とはいえ、何人かの神様に実際に会ったことのある俺としては、どうにも彼らが言っていることを素直に受け入れられない。

「こうあるべき」「こうするしかない」――これは人を縛る言葉だ。

俺がレイナル領の城の地下で救い出したミミ様ことミミラトル神も、精霊樹に寄り添っていたアリス様ことエエカリアアリス神も、ついこの間ダオスタでお会いしたオメテクトル神も、俺を縛るようなことは言わなかった。

「まあまあ、そうかもしれんけども。仮にアランが入りたい思うてるとしても時間は必要やで？アランにだって立場があるんや。うちの兄貴やって、入る入らん決めるんに、えらい時間かけとったなあ」

「……あの、ハロルド様もですか」

深く頷くカサシスに感謝しながら、俺もやっとのことで言葉を返す。

「カサシスの言う通り、考える時間を貰《もら》えますか？　幸い、お二人もあとでダオスタにいらっしゃるのですから、返事はそのときに」

「……まあ、そういうことでしたら、今は引きましょう。ですが、次にお会いするときには、良いお返事をいただけると期待しておりますよ」

「……前向きに検討します」

まるで政治家のような物言いだと自分でも思ったが、二人は納得したらしかった。俺のことを諦めたわけではないみたいだけど……。

「そういえば、ハロルド様もこちらに向かっているのですよ。なかなか普段はお会いできないでしょうし、この機会に面会されてはいかがですか」

「うぇっ⁉　兄貴もこっち来るんか⁉」

「もちろんです。ハロルド様は教主様随伴騎士の筆頭でございますから」

「そっかあ。……ほな、会っとくかな」

「ハロルド様もきっとお喜びになるかと」

「さよか」

「ええ。きっと」

ベルドザルム侯爵が二人を伴い、退室する。

彼らが去った部屋の中で、俺達は一斉に息を吐き出すのだった。

「あれが光の騎士、かあ」

「噂通りの強引さねえ」

「うちの兄貴もあれにやられたクチやからなあ」

俺とフラン姉ちゃんがぐったりして言うと、カサシスも疲れたような表情になる。

「最近はあまり評判も良くないですからね」

ベルさんも、苦笑しながらそう言った。

「でも、やはり、彼らはフランチェスカ様を狙っているですね。たとえ結婚までの短い間だったとしても、藍華騎士団団長で精霊の乙女でもあるフランチェスカ様が入団すれば、光の騎士団の評判が上がるですから」

「え？　ミモザ、それはどういうこと？」

首を傾げ、ミモザに説明を求めるリーゼ。

「だって、フランチェスカ様の婚約者であるアランが光の騎士団に入れば、必然的にフランチェスカ様も光の騎士団に入団することになると思うですよ？　光の騎士となったアランは命じられることになるです。フランチェスカ様を光の騎士団に入れろって。あの人達の態度からして、多分断っても断っても言い続けるですよ。そしてアランはそれに負けるのです」

「いや、それは考えすぎじゃないの？」

「いえ、リーゼ。ミモザさんの言う通りですわ。考えてごらんなさい。フランチェスカ様をお救いしたあの夜のことを。アランはわたくし達の勢いに負け、あの装いになったのですよ」

「……あー」

リーゼは一瞬動きを止めた後、納得したような顔になった。

俺としても、反論できないのが悲しいところだ。けれど、あの場面で女装したのはやむを得ずというか、背に腹は代えられないというか……。

「あの装い？　なんのことや？」

「それはですね、カサシス様――」

「なんでもない！　なんでもない！　そ、それよりもカサシス、お兄さんに会うんだろ？　準備とかしなくていいのか⁉」

話が変な方向に行きそうだったので、俺は慌ててみんなの会話に口を挟んだ。

カサシスは訝《いぶか》しげな顔で俺を見やったが、何かを察したらしく、口元に嫌な笑みを浮かべるのだった。

「……ほーん。まあ確かに、兄貴のこともあるしなあ。せやかて、そないに急がんくてもなあ」

「い、いやいや！　ほ、ほら、カサシスも色々と忙しいだろ⁉　だから今日はこれで失礼しよう！　な⁉」

「うーん……まあ、忙しいんは確かやけど、ほら、俺も一応ベル達と婚約者なわけやし、もうちょい親交深めても……」

「い、いいから！　そういうの、ほんといいから！　じゃ、じゃあみんな！　俺達はこれで‼」

「あっ⁉　ちょ、アラン⁉　そない押すなや」

俺はカサシスの抗議をスルーし、フラン姉ちゃんと他の皆の何か言いたそうな視線を無視して、ベルドザルム家を後にしたのだった。

†

「じゃあ、また王都で」

「おう。兄貴に会ったら、すぐに追いつくわ」

そんな言葉を交わして、俺達がパウーラを発《た》って一日。

カサシスを除く俺達一行は、草原の中に延びる街道を進んでいた。草原といっても、そこかしこから岩が顔を出しているので、辺り一面、緑というわけではない。

ベルドザルム侯爵から贈られた葦毛《あしげ》の馬に荷物をくくりつけ、俺達はそれを囲むようにして歩く。

周りを見渡せば、本当に岩が多い。

岩の大きさは、子供程度のものから屋敷くらいのものまで様々だ。

何百年、何千年と雨や風に曝《さら》されて形を変えたのか、岩は個性豊かな形をしていた。

岩の中央に大きな穴が空いているもの。天に向かう剣のように尖ったもの。はたまた、地面に寝転んでいるかに見える平たいもの。人や獣に似たシルエットのものまである。

時折吹く強い風が岩の隙間を吹き抜け、獣の遠吠えみたいな音が聞こえることもあった。

この音を聞いた昔の人は、草原に本当に魔獣が棲んでいると信じていたらしく、ここ一帯は『吼《ほ》える魔獣の岩原』と呼ばれている。

今では街道ができたのでそれに沿って進めばいいが、この辺りはよく霧《きり》も出るため、道に迷う人も多かったようだ。古い人は「岩原さまに惑わされた」と言い、目に見えない存在に畏《おそ》れを抱き、語り継いでいる。

太陽が沈み、今は夕刻。空は青、紫色、赤やオレンジのグラデーションで彩《いろど》られている。

遠い丘の上に立つ岩は黒い影となり、いくつもの人影が並んでいる様《さま》を想起させた。

俺は遠くから目をつけていた、街道沿いにある卵形の大きな岩までたどり着くと、皆に声をかける。

「今夜はこの辺りで夜営しようか」

「了解した。なら、辺りの様子を探ってくる」

「任せたよ」

俺の返事を聞くや否や、隻腕《せきわん》の狼人ルプスが軽快な動きで近くの岩に飛び乗り、辺りを見回しては次の岩に飛び移っていく。

ダオスタまでの道程は、あと半分かそれ以上といったところだ。

行きと違い、帰りはゆっくりと景色を楽しみながらだったので、歩みは遅い。

特に急ぎの用事はないのだ。

ダオスタへ神光教会の教主が来訪するのに合わせて、奴隷解放を決行するという獣人ムーダン達の計画のことは気になるが、教主が到着するまでまだ時間がかかる。時間的な余裕はあるはずだ。

俺は父から頼まれて、奴隷解放に協力することになっている。

もし何かあれば、このムーダンから渡された鳥かごに、伝書鳩の要領で鳥が飛んでくる手はずになっているから大丈夫だろう。

「なああアラン。夜は何を食べるんだ？」

「あの町でもらった葡萄があったはずだよね、アラン？」

「ちゃんと葡萄もあるから。落ち着け、二人とも」

俺にまとわりついてきたグイとタープを宥めると、近くにある手ごろな石を集め、焚《た》き火を熾《おこ》す。

鍋に法術で出した水をためて火にかけたら、その中に食材を投入。麦に野菜、肉に魚と、豪華である。これらもベルドザルム侯爵が厚意でくれたものだ。もちろん、タープの言っていた葡萄もそう。

いい具合に鍋が煮えて、美味しそうな匂いが辺りに漂ってきたときのことだった。

「主。あちらの方角からゴブリンの群れが向かってきている」

戻ってきたルプスが、そんなことを報告してきた。

ただのゴブリンの群れならば、結界を張って近づけないようにすればいい。

だが、続く彼の言葉を聞き、その選択肢はなくなった。

「ゴブリンは何かを追っているようだ。おそらく、人を」

†

吹く風が草を揺らし、岩と岩の間を通り抜ける。

それに逆らって、俺達は駆けた。

「……っ！　……っ‼」

風を切る音に混じって、何かが聞こえてくる。

ぎゃあぎゃあとした声はゴブリンのものだろう。

そして、高い声が二つ。

それは段々近づいてきている。

声からするに、若い男性。いや、少年だろうか。

「……ろっ！　……っちだ！　……早く！」

少年は誰かに指示を出しているようだった。

俺は探知の術を展開して、状況把握を試みる。

結果わかったのは、ルプスの言う通り、この岩の反対側、四十メートルほど先に人と思われる反応が二つ。やはり、ゴブリンの群れに追われているらしい。

二人が必死で逃げているのは、風の音の合間に聞こえる声からもわかる。

俺は剣を抜き、ゴブリンとの戦闘に備えた。

後ろに続くルプスは透明な水の腕を生やし、グイは大きな黒い槌《つち》を手にし、ターブも風の衣を纏《まと》う。

この三人はパウーラでの戦いで精霊に力を借りたが、その後も力を自由に使えていた。

俺も、意識すればいつでも光の剣を使うことができるようになっている。俺に与えられた、邪神に対抗するための力だ。

日が落ちた草原で、ついに動く影を見つけた。

逃げる二つの影と、それを追う十匹ほどのゴブリンの群れ。

「そこの二人、こっちだ！」

駆けながら、追われている二人に声をかける。

二人は俺達に気がついたのか、こちらに向かってきた。どちらも随分と小柄だ。

二人は手を繋いで、一人がもう一人を必死で引っ張っている。

「あっ！」

手を引っ張られていたほうが、躓《つまず》いて転んだ。

「リフィ⁉」

繋がれていた手は、その拍子に離れてしまう。

置き去りにされた小さな影。

手を引っ張っていた影は、たたらを踏んで戻ろうとするが、ゴブリンのほうが早かった。

ゴブリンは好機とばかりにリフィと呼ばれた影に飛び掛かる。

このままでは、その小さな体がゴブリンの棍棒によって傷つけられてしまう。

だけど、そうはならなかった。

「……ぐぎゃ？」

俺がリフィの前に立ちはだかって棍棒を受け止め、そのままゴブリンの懐にもぐりこみ、首をはねたのだ。先の声は、中空に舞ったゴブリンの口から漏れたものである。

剣を振り抜いた俺の脇を、二つの影が駆け抜ける。

一つは膨張させた透明な腕を振りかぶる影。

もう一つは巨大な槌を振り上げる小さな影。

水しぶきとともに何匹かのゴブリンが岩へと叩きつけられ、同時に轟音《ごうおん》がして岩共々ゴブリンの血しぶきが舞った。

そして強い風が、ゴブリンを一瞬のうちに空高く運び上げる。

遭遇してものの数十秒で、ゴブリンの群れはこの世を去った。

俺はゴブリンの魂に静かに祈りを捧げる。

それを終えて振り返ると、そこには抱き合って震える、小さな獣人の少年と少女の姿があった。

「大丈夫か？」

声をかけるが、返事はない。

よく見れば、二人の格好はみすぼらしいものだった。

首には大きな鉄製の首輪、曝《さら》け出ている二の腕には焼印がある。

間違いない。彼らは奴隷だ。

なぜ、奴隷がこんなところに？　主人はどこにいるのか？　そんな疑問が湧いてくる。

そんなことを考えていると、いつの間にか震えの止まった二人は、力強く頷き合った。

そしてこう言ったのだ。

「助けてください！　お願いします！　助けてください！」

俺にではなく、ルプスに向けて。


話を聞けば、二人はダオスタから逃げてきた獣人奴隷だという。

ダオスタを脱出し馬車に乗れたまではよかったものの、この近くでゴブリンの群れに襲われてしまった。二人は馬車から降ろされ、逃げるように言われたのだそうだ。

「……ということは、まだ近くにゴブリンに襲われている人達がいるのか？」

「う、うん。みんな、まだ戦ってると思う。お願いだよ、みんなを助けてよ！　お願いだよ！」

「おね、お願いします！」

すがりつく二人の子供に困惑の表情を浮かべたルプスが、俺を見る。

「……主」

そこに込められていた思いはすぐにわかった。

「もちろん。助けよう。場所は？　この先なのか？」

「……あっち」

「どのくらいの距離だ？　ここから遠いのか？」

「そんなことわからないよ。必死に走ってきたから」

俺の問いに獣人の女の子が答える。いかにも俺のことを警戒している様子だったが、ダオスタから逃亡してきたと聞けば、納得だ。

俺が先日助けたルチア、そして彼女の母親のように、迫害されている獣人達が人間を怖がる気持ちは、よくわかるから。

しかし、まだ疑問が残る。なぜ、今ダオスタからこの子達は脱走してきたのか。

ムーダン達の作戦はまだのはずなのに、だ。

何だか嫌な予感を覚えつつも、獣人の子供の案内で、ゴブリンの群れがいるという場所に向かおうとした、そのとき。

「アラン、何か飛んできたぞ」

「鳥だね。アラン」

グイとターブに言われて空を見上げると、一羽の鳥が飛んできていた。

ちなみに今の二人の姿は幻術によって、人間の子供に見えている。だからこそ、獣人の子供達は迷わずルプスに縋《すが》り付いたのだろう。

ムーダンから預かっている鳥籠の中に舞い降りた鳥の足には、小さな手紙が巻きついていた。

手紙には、こう書かれていた。

『下の奴らの不満を抑えきれず、やむなく作戦を決行した。王都は混乱している。至急、会って話をしたい。最初に会った、あの部屋で待つ』

時機を待たずして……完全に想定外の事態だ。

手紙には『至急』と書いてある。

もうこんな場所まで獣人達が逃げてきているのだから、事態が大分進んでいるのであろうことはわかった。

すぐに王都に向かいたい気持ちはあるものの、今現在、ゴブリンに襲われている獣人達を見捨てるわけにもいかない。

そんな迷いを見てとったのか、ルプスが俺の前に立った。

「主、俺達がこの子達と獣人達を助けに行く」

「ルプス……」

「主は王都へ」

数瞬の葛藤《かっとう》の後、俺は無言で頷くのだった。

第二章

アラン達がパウーラの亜人討伐に発ってすぐのこと。

パウーラが亜人の群れに襲われているという報せを受け、ダオスタの騎士団と冒険者が救援のために出立した――この情報を、ムーダンはすぐに掴《つか》んでいた。

王都で苦痛を強《し》いられている同胞の解放を達成する。それがムーダンの、いや、ムーダン達の掲げる旗だ。

もともとは、王都に神光教会の教主が来訪するのに合わせ、その誘導や警備に人員が割かれることで生まれる隙を突き、計画を実行する予定だった。

しかしパウーラの件で、王都から騎士団という障害がいなくなる。教主の来訪を待たずして、王都内の警備が手薄になる。それだけで、獣人達が計画を早める理由としては十分すぎた。

王都の地下に張り巡らされている地下道は、獣人達の暮らすこの流民地区にも伸びている。

その流民地区の地下道の中に作られた一室、かつてアランがムーダンと初めて顔を合わせた場所で、何人かの獣人が議論を交わしていた。

「今この機会を逃すべきではない！」

「そうだ！　今ならば騎士団の一部がいない上に、計画を妨害するかもしれなかった冒険者までも不在なんだぞ！」

「いや、少なくなったとはいえ、たった二つの騎士団がいなくなっただけだ。ここはやはり慎重に進めるべきではないか」

「そうだ、事を急《せ》いてはせっかくの計画が台無しになってしまう」

彼らはムーダンとともに、王都脱出の計画を初期の頃から進めているメンバーだった。

一方の主張は、ダオスタの騎士団とこの街の冒険者がパウーラへと向かい、警備が手薄になっているこの機会に、奴隷解放——すなわちダオスタ脱出計画を実行しようというもの。

もう一方の主張は、今は大人しくしておき、やはり計画通りに教主来訪に合わせて遂行したほうがいいのではないかというものだ。

相反する意見がぶつけられ、議論が始まってかれこれ二時間以上。話は平行線で、一向にまとまる気配はない。まさに甲論乙駁《こうろんおつばく》そのものである。

ムーダンは喧々囂々《けんけんごうごう》とした皆の意見に耳を傾けながら、沈黙を守っていた。

机を強く叩く音が響く。衝撃で机の上にあった地図や書類が震え、計画を立案する際に使われていた、木でできた小さな駒《こま》がいくつも倒れた。

「教主が来たって同じだろう！　うまくいく保証などない！」

「なにより、その教主が来るのが遅れているから、俺達の計画も延期されているんだ！　支援者達だって、そうそう待ってはくれないぞ！」

「だが、今は兵士達の状況が掴《つか》めない。それはどうするのだ？　騎士団や一部の冒険者がいなくなったって、奴らはいるんだぞ！」

「そんなもの、力で押し通せばいいだろう！」

「そうだ！　こっちには力自慢の熊人だっているんだぞ！　人間の兵士なんざ、敵じゃねえ！」

話し合いがヒートアップし、取っ組み合いの喧嘩に発展しようとした、そのときだった。

バタン！　と、勢いよくドアの開かれる音が皆の耳に届く。

話し合いの行われている場に、男が突然駆け込んできたのだ。

男は急いで駆けつけたのか、額には汗をかき、息を切らしている。身につけている衣服も、心なしか乱れていた。

話し合いは突然の闖入者《ちんにゅうしゃ》によって、一時中断されることとなった。

「何事だ⁉」

話し合いに参加していた体の大きな犬人の男が、苛立《いらだ》ちを隠そうともせず、闖入者に問いかける。

彼は、今すぐに計画を実行に移すべきだと主張していたうちの一人だった。

一分一秒が惜しいのに、話し合いは進まず、突然の男の乱入でさらに決断が遅れるかもしれない。

彼が現れた男を睨みつけるのも当然といえた。

だが、男のほうはそんな犬人の苛立ちなど気にも留めていない。それよりも、自身の持つ情報を伝えることに意識が向いていたのだ。

「た、大変だ！　ドルムの奴ら、やりやがった！　あいつら、貴族の屋敷に押し入っちまったんだ！」

その言葉は先程までの議論を吹き飛ばし、場を騒然とさせるに十分だった。

「な、なんだって⁉」

「貴族の屋敷にだと⁉」

「あいつら、こんなときに何をやらかしやがるんだ！」

「状況は⁉　状況はどうなっているんだ⁉」

一呼吸の間に言葉の意味を理解した者が、一斉に報せを持って来た男に詰め寄る。

男は四方八方を完全に囲まれた状態で、この衝撃の情報を伝えてもなお静かに椅子に座っている指導者に向けて、続きを報告した。

「ドルムの奴らが押し入ったのは、シシリアム子爵の屋敷だ。ドルムの奴、子爵とそこの婦人達を人質にして、屋敷を乗っ取りやがった」

「なっ⁉　よりにもよって、シシリアム子爵、だと？　なんてことをしてくれたんだ！　彼は今回の計画の支援者だぞ！」

「子爵は、この町にいくつも孤児院を建てている人徳者だ。その中には獣人の子供を育てている場所さえある。今回の計画にだって、積極的に資金や情報を提供してくれた。ドルムの奴、何を思ってそんなことを……」

「すぐに奴を止めなければ！」

「いや、もう遅い。今頃屋敷は兵士達に取り囲まれてるさ」

「なんてことだ……」

「こんなことが他の支援者に知られたら、どうなってしまうんだ」

いくら嘆《なげ》いても、事態は好転しない。突然の出来事に獣人達は右往左往するばかりだ。

そんな者達を見て、彼らの指導者であるムーダンが立ち上がる。

「落ち着け！」

皆の視線が、意識が自らに向くのを待って、ムーダンは続けた。

「……起きてしまったことは仕方がない。ドルム達が暴走した以上、当初の計画通り、神光教会の教主到着を待って決行するのはもう無理だ。今日の出来事で、人間達はさらに俺達獣人に対する締め付けを厳しくするだろうからな」

「ああ。教主到着のとき、俺達獣人が変な行動をしないか、常に目を光らせるだろうさ」

やせ細った犬人が口にした同意の言葉に、ムーダンは頷きを返すと、一拍置いて強い口調で言い放った。

「だから俺達が取れる選択肢は一つだけだ。ドルムらが兵士を引きつけているうちに計画を実行に移す。……全ての支援者に連絡を！　皆はすぐに事前の計画の通りに動くんだ！　東西南北、準備ができ次第、すぐに地下道から脱出しろ。急げ！」

その指示を受けて、先ほどまで混乱の極みにあった獣人達は慌ただしく一斉に部屋の外へと出て行った。

部屋の中に残されたのは、静けさとムーダンただ一人。

深く呼吸をすると、ムーダンも他の獣人達の後を追い、地下道に準備しておいた穴を潜《くぐ》り抜けて、小さな家の床下から地上に這《は》い出る。

家の天井には小さな穴が空いており、そこから日の光が差し込んでいる。雨でも降れば、この穴から水が流れ落ちてくるだろう。

狭い室内にあるのは、小さな椅子とテーブルだけ。いつも見張りを頼んでいる老夫婦の姿も今はなかった。

ムーダンは部屋の隅《すみ》にある扉を目指す。扉の先には小さな部屋があり、そこには天井から吊るされている鳥かごがいくつもあった。

かごの中にはそれぞれ、灰色をした一羽の鳥が止まり木にとまっている。

彼らは自分達を眺める一人の獣人のことを、ただ静かに見つめ返していた。

◆ヤン視点◆

その日、王国騎士団は混乱した。

それまで平穏だったダオスタの街で、獣人が突如、暴動を起こしたからだ。

あまりにも唐突で、誰もが虚を衝《つ》かれた。

貴族の屋敷が占拠され、奴隷達は仲間の手引きによって所有者の手から脱走。自由になった獣人達は王都内を暴れ回った。

その暴動を抑えようと兵士達が奮闘するも、焼け石に水だ。全てが後手に回り、獣人を止めることはおろか、勢いを弱めることすらできなかった。

それまで抑圧されていた獣人達の怒りが噴出したかのように、ダオスタの街には火と怒号がそこかしこで上がっていた。

この事件が起こったのは、パウーラが亜人の群れに襲われているという報告が王都に舞い込んでから、たった二日足らずのことだ。

ムーダンの計画は知っていた。俺は近衛騎士団副団長という立場を活かし、ムーダンの計画を支援してやるつもりだったのだから。

息子のアランに、奴の計画を助けてやって欲しいと頼んでもいる。レイナル領で暮らす獣人達のように、王都にいる彼らにも生きる希望を持ってもらいたいと、少しでもその手助けしたいと思ったからだ。

ムーダンの計画は、神光教会の教主である、聖フェリクス・フィデリース・ラグル・フラーム七世の来訪に合わせて決行すると聞いていた。しかもそれは暴動ではなく、脱出の計画だ。

あいつらが奴隷を解放する際、混乱が起きると予想はしていた。少なくとも、奴隷を所有する者達は易々と獣人達を手放すはずがないのだから、彼らとの間に諍《いさか》いが起こるのは間違いない。

脱出を図る獣人達には、騎士団の追手もかかるだろう。

教主来訪に合わせてムーダン達が動くのは、それを少しでも抑えるためだと思っていた。

だが、現実に起こったことは違う。

計画に何か狂いが発生したのか、それともムーダンの狙い通りで、実はもともとこんな計画を立てていたのか、それはわからないが……。

王宮の中に設置された対策室で、次々に上がってくる部下からの報告を聞いていると、突然部屋の扉が開いた。

「ヤン」

「おう、ジェット」

中に入ってきたのは、俺の所属する近衛騎士団の団長、ジョルジェット。

渾名《あだな》はジェット。カッティーニ家という、古くから王国の軍の要職についている侯爵家の現当主で、俺の親友でもある。ちなみにアランの幼馴染のフランチェスカは、こいつの娘だ。

ジェットは額に汗を滲《にじ》ませている。いつもはキッチリ整えられている髭《ひげ》も髪も、心なしか乱れていた。それだけ急いで来たってことだろう。

ジェットは部下の敬礼に早足で歩きながら返し、髪と髭を整えつつ席についた。

「状況は？」

ジェットに聞かれ、俺は部下から得た情報を整理して伝える。

「獣人の暴動が、さらに広がってるみたいだな。街は大混乱だ。一般市民の被害は死者十六名、重傷者六十名だが、まだ増えてる。その他軽傷者、強盗にあったものは数え切れない。軍の被害もある。東と南の門の警備をしていた当直の兵士を含む十名が死亡。施設は外警隊の武器庫の一つが襲われた。貴族ではシシリアム子爵の屋敷が襲われ、占拠されている。とりあえず貴族街のほうは常駐の兵士が対応しているお蔭《かげ》で被害の拡大はないが、シシリアム邸に立てこもってる奴らは、婦人や子供を人質にとっているらしい。流民地区では獣人達が武装して、中心街に向かっているとの情報もある。あいつら、物資を狙って商業地区を目指しているのかもしれねえな。流民地区へは第五番から第十七番隊が駆けつけている最中だ」

「王宮へは？」

「今のところ、来る気配はないな」

「奴らの武装は？」

「奪った剣に槍、弓矢に術具。なんでもありだ。すでに十分な装備をしていたらしい」

「……どこかの武器商人が横流しした可能性があるな。獣人達を支援している者達が、必ずいるだろう」

「……ああ、そうだな」

俺もその一人だったとは、今さら言えないな。

流石に武器を融通したりはしちゃいないが、奴らが暴動を起こす可能性を考えられなかったのは俺の落ち度でしかない。少し考えれば、それくらいわかったはずなんだがな。

俺はムーダンに獣人達が脱出するための情報しか与えていないが、今回はその情報をもとに兵士達の警備の裏をかかれてしまった。

おかげで、国の対応は後手後手に回っている。

当初聞いていた計画とは大分異なるし、俺の提供した情報が悪用されたとしか思えない。

「暴動を支援している奴ら、か……。あの剣闘大会で、周辺諸国から随分と人が来たからな。もしそうなら、一番怪しいのはやっぱり帝国あたりか？」

俺の知る限り、この国の獣人支援者は脱出の手助けになるようなことをしただけ。暴動の支援者は俺にもわからないが、この王国の混乱を喜ぶ連中といえば、まず帝国が思い浮かんだ。

「あるいは、覇権を狙うシルケンあたりか。だとしたら、やはり王宮が狙われる可能性があるかもしれん」

「だけどよ、もし仮に奴らの狙いがこの王宮でも、守りは問題ないんじゃねえか？　オドンコールの壁もあるし、いざとなったら結界を張っちまえば、中に入ることはできなくなるだろ」

この王宮の結界は、かつて俺の妻のマリアが宮廷法術師だったときに構築したもんだ。一回起動しちまえば、生半可な攻撃じゃびくともしない。

レイナル領の城にも同じもんが施されてるんだが、それがやばいのなんのって。なんたって、魔獣であるラスの、全力の攻撃にも耐え切ったんだからな。

「確かにな。……それにしても奴ら、どうやってシシリアム邸に入り込んだ？　占拠するにしても、子爵の屋敷には常駐の兵がいるだろう。そのうえ、屋敷には守りの法術が施されていたはず。扉や壁はそう簡単に壊せるものでもない。……そもそも、奴らはどうやって貴族街に入った？　貴族街へは、レーヴェンガルトの壁を越えなければならないんだぞ。誰かが手引きしたのか、それとも何か抜け道があるのか……」

抜け道と聞いて、俺の頭にアランから届いた手紙の内容がよぎった。

「……そういえば、アランからの手紙の中に、ダオスタの地下を調査したっていうのがあったな。王都地下に張り巡らされた地下道。もしかしたら奴ら、それを使ったのかもな」

「なんだと……？　それは、王家の抜け道とは、また別のものか？」

「ああ。冒険者組合に、そこの調査依頼があったみたいでな、アランがその仕事を請け負ったらしい。そうそう、なんでも地下には、動き回る骨がいたそうだぞ」

「動く骨だと……？　大方《おおかた》暗闇で、獣か何かを見間違えたんだろう。それよりも、その地下道の話だ、詳しく聞かせろ」

「おう」

俺は地下道について、ジェットと情報共有するために報告した。

そのあと、今度は逆に質問を投げかける。

「そういや、上の連中はなんだって？」

ジェットはここに来る前、元老院の爺《じじい》どもに呼ばれていたのだ。

今まで合わせていた目を少しだけ逸《そ》らすその仕草は、何か気まずいことがある証拠。

……まあジェットがあいつらに何を言われたのか、ある程度予想はつくけどな。

「……今回の件についてだ」

「まあ、そうだろうな。で、なんだって？」

催促するように、同じ言葉を投げかける。

やがてジェットはため息をつき、面倒そうに口を開いた。

「私は、ここで指揮を執《と》れとのことだ」

「まあ、当然だろ」

「あとは、シルケンが国境付近で軍事演習を行うという話が入ってきてな」

「あ？　こんな時期にか？　なんでまた」

「そいつはわからんよ。だが、最近やけに多い。単なる挑発か、それとも何か別の狙いがあるのか……。帝国のほうも、国境の砦で動きがあったらしいしな。きな臭いことは確かだ。また戦争にならなければいいが」

「……そうだな」

ジェットは大きく息を吐く。

隣国の挑発ともいえる行為に、帝国の動き。さらには国内の獣人の暴動、か。

これ以上、何も起こらなけりゃいいとは思うものの、どうにも引っかかる。

「それで、お前のことだが……」

「おう」

「……ヤン、お前は部下を何人か連れて、現場に行ってくれないか」

「……意外だな。俺もここにいろって言われるかと思ったんだが。まあ、もとよりじっとしてるつもりはなかったんだけどよ。それで、どこ行けばいいんだ？」

「お前達は、貴族街の応援だそうだ」

「……はあ⁉　なんでだよ？　貴族街には常駐の兵がいるだろ？　シシリアム邸のことはあるが、人員は十分なはず。俺が行く意味、あんのか？　それよりも、中心街の暴動の鎮圧に向かうべきだろが！　特に商業地区は他国からの商人なんかもいるんだぞ？　そいつらを保護するためにも、そっちに行くべきだろ！」

「貴族の方々は、この国最強の単体戦力であるお前を手元に置いておきたいのだろうさ。何かあった際の保険として、な。それに獣人達も、手強いお前がいる場所にはわざわざ向かったりしないだろう。それも計算してるってことだ」

「チッ！　いかにもあいつらの考えそうなことだぜ」

「というわけだ、ヤン。今すぐに準備をして、貴族街に行ってくれ」

だが、俺はそんな言葉を受けても、まだ準備にはとりかからない。

「ジェット」

身体の代わりに動いたのは、己の口。

俺はそれきり無言になり、目の前にいる男の目をじっと見つめた。

話はわかったし、ジェットの立場も理解している。

だが、やはり俺が貴族街に向かう必要なんてねえ。それは、ジェットだって承知してるだろう。

長年の親友だ。言葉はいらなかった。

やがて俺の強い意志が伝わったのか、ジェットは深いため息をつくと、恨《うら》めしげに言った。

「お前なあ……」

呆れたような、諦めの声だ。

「悪い。だけどよ、まずは一般市民の安全を確保したい。その後で、どうしても確かめたいことがあるんだ」

「……わかったよ。どうせ私が止めても、お前はやりたいようにやるんだろうからな。下手に縛り付けたりでもしたら、余計大変なことになるのはわかってる」

渋々ながら、ジェットは俺が自由に動くことを許してくれた。

「毎度毎度悪いな」

「いいさ。私はこれからも一生、お前に人生を振り回されるんだろうな。だが、とりあえずは私の言う通り、いったん貴族街に向かってくれ。でないと、色々と言い訳ができなくなる。あと、部下は借りるぞ。お前が自らこの王都で鍛え上げた奴らだ。少しは使えるのだろう？」

「おう。もちろんだ。こき使ってやってくれ！　なかなか根性のある奴らだぞ」

そう言って、俺は剣を手にする。

「だが、気をつけろよ。例のおかしな噂もある」

ジェットの声が急に真剣味を帯びる。

おかしな噂といえば……。

「……あれか？　暗闇に蠢《うごめ》く、死霊どもの話だろ？」

「ああ。死霊か何かは知らんが、被害者が出ていて、何かが王都にいるのは確かだ。お前ならなんとでもなるだろうが、念のため、な」

「心配してくれるのか？」

俺がにやりと笑うと、ジェットも冗談っぽい口調で返す。

「当たり前だ。私は部下思いの団長なのだぞ」

「ははっ。知ってるよ」

「お前がもっと、上司思いの部下なら、私もこんな気苦労をせずにすむんだがな」

「これからも、頼むぜ」

「……そこは、『悪いな』とか、『もうしない』とかいう台詞《せりふ》が聞けるところではないのか？」

「そんなこと、俺が言うと思ったのか？」

「いや――」

ジェットの「思っただけだよ」という言葉に「だよな」とだけ返し、俺は数人の部下を連れて王宮から飛び出した。

小雨の降る王都は少し肌寒く、夏の終わりを告げているようだった。

†

ルプスに獣人達の救援を任せて俺が王都に戻ったとき、街には静かな緊張感が漂っていた。

一見平穏に思えるが、人通りは少なく馬車もあまり走っていない。

代わりに見かけるのは、隊列を組んだ兵士達。鎧を着込み、槍や剣、盾を装備という物々しい姿で歩いている。

時折見かける道行く人々の顔は無表情。彼らは常に何かを探して、視線を彷徨《さまよ》わせていた。

王都へ入る際も、随分と時間がかかった。

ダオスタへ入る時、以前にはなかった厳しい検問が行われていたのだ。そのせいで門に続く道に、長蛇の列ができていた。

俺はあの剣闘大会で名前と顔が売れたお蔭か、幸いにして検問はすんなり通ることができたが、もしそうでなかったら、身元証明にどれほど時間がかかっていたことか。

そんな普段とは異なる街の中で馬を走らせ、ある店に向かう。

いつも賑わいのあった商店が並んでいるこの道も、風通しがよくなってしまっていた。

目的の店に到着した俺は、扉をノックする。

「あ、アラン様⁉　よくご無事で！」

固く閉ざされた店の窓から俺の姿を確認したネッドは、そう声をあげた。

商業地区の一等地とまではいかないが、そこそこ立地のいい場所に構えられたこの小洒落《こじゃれ》た店は、レイナル領の城でうちの執事をしてくれているジュリオの息子、ネッドが営んでいる。

二階から上は住居となっており、ネッド達一家が暮らしている。

ダオスタに来て暫《しばら》くの間は、ここに泊まらせてもらっていたものだ。

ガチャガチャと音が聞こえたと思ったら、勢いよく扉が開き、ネッドに促されて中に入る。

「やけに警戒しているけど、やはり獣人達の騒動のせいで？」

応接室に通された俺は、出されたお茶を一口飲み、目の前に座るネッドに話しかける。

ダオスタの状況については、道すがら色々な噂を耳にしていた。

曰《いわ》く、獣人が暴動を起こした。

奴隷が一斉に反乱を起こし、奴隷を所有していた人間が殺された。

流民地区に近い商業区では、商品が略奪された。

獣人は武器を所持しており、目についた人間は大人も子供も関係なく、片っ端から斬りつけている。

どうも獣人達を手引きした奴がいるらしい。

今回のことは地下の悪霊の祟《たた》りだ。いや、帝国の陰謀だ。

——などなど、本当に様々な噂話だ。

「いえ……まあそれもそうなんですが、この家にいるルチアが問題なのですよ」

「ルチアが？」

ルチアは先日、俺が王都の路地裏で保護した獣人の子供だ。

まだ幼く、おそらく五歳くらい。本人が自分の年齢を知らないので、実際のところはよくわからないが。

「あ、お兄ちゃんだ！」

「え、アラン様⁉」

タイミングよく、ルチアが姿を現した。

その後ろからネッドの息子であるルイス君が顔を覗かせ、俺を見て驚きの声をあげる。

「こんにちは」

「こんにちは！」

「うん。二人ともこんにちは」

猫人のルチアは耳をピコピコと動かし、尻尾をゆらゆらと揺らした。

愛らしい顔には喜びの色が溢れ、純粋に俺を慕ってくれていることがわかる。

いつの間にここまで懐《なつ》かれたのかはわからないが、悪い気はしなかった。

ルチアを見ていると、あの路地裏で亡くなった彼女の母親のことが頭をよぎるが、今こうやって笑えているのを見て安心する。

二人は俺を歓迎し、一緒に遊ぼうと言ってくれたが、残念ながら今はそれどころではない。

また今度遊ぼうと約束したところで、子供達はネッドの妻であるモリーさんが「さあさ、アラン様はお父様とお仕事のお話があるから、あっちで遊びましょうね」と、連れ出してくれた。

小さく手を振る二人の姿を見送る。

しかし、あのルチアの何が問題なのだろう？

「実は、町の住民による獣人狩りが起こっていまして。獣人が少数でいるところを狙い、襲っているのですよ。ルチアのような幼い子供でも見境なく、まるで見せしめだと言わんばかりに。匿《かくま》っていることがバレれば、私達も少々危険かもしれませんので、こうして用心しているのです」

ネッドの話によれば、獣人達の暴動が起こり、暫くは街の住民も被害に遭《あ》わないよう、大人しくしていたそうだ。

だが、ある程度事態が膠着《こうちゃく》状態となった今では、獣人達に対する人間側の怒りが爆発し、獣人狩りと称される行為が横行しているとのこと。

中にはわざわざ冒険者組合に、獣人の討伐依頼を出す人もいたとか。

もちろん依頼は受理されなかったが、人間と獣人の間で溜め込んでいたものが一気に爆発してしまったようだ。

兵士は人間側の立場であり、獣人の暴動に対処することはあっても、人間の獣人狩りには手を出さない。というよりも、人員が足りなくて対応できないのだろう。

「街の様子がおかしいのは、そういうことだったのか。で、獣人達はダオスタを脱出したのか？」

「ええ、大半の獣人は暴動の最中、ダオスタの壁の外に逃げたようです。一応、私も彼らを支援する者の一人なので、食料などの物資を用意しておいたのですが、まさかこんな急に始まるとは思ってもみませんでしたよ。彼らは用意しておいた支援物資を奪うように持って行きました。ただ、それを見ていた人が、獣人達が商業区で略奪を行っているという噂を流してくださいまして。お蔭でうちは獣人に略奪された店という扱いになったみたいです。……ところでアラン様は、なぜ私のところへ？　様子を見にいらしたのではないのでしょう？」

「ああ、実はムーダンから手紙が届いたから、急いで戻ってきたんだ。けれど、流民地区にはなかなか近寄れそうになくてね。何かいい手がないかと思ってさ」

「なるほど、確かに今、流民地区では獣人と軍が睨み合いをしている最中ですからね。いくらアラン様でも……。ちなみに、ヤン様とはもうお会いに？」

「いや、王都に帰って真っ先にここに来たから、まだだ」

「そうですか。では一度、王宮に行ってみるのはどうでしょうか。ヤン様がそこにいらっしゃれば、力をお借りできると思います。こんな状況ですが、アラン様なら問題なく取り次いでもらえるはずですから」

「王宮……か。わかった、行ってみるよ」


かくして、俺はこの国で生まれ育って初めて、王宮に足を踏み入れることになったのだった。

王宮を囲む、最も古い壁。オドンコールという王の名を冠されたそれは、かつて要塞《ようさい》だったこの城を守るために造られたものだ。

王宮を取り囲む高く分厚い壁をよく見れば、所々色が違うのがわかる。

これは長い歴史の中で、壁を何度も修繕してきた証拠だ。

壁はそれが繰り返されるごとに分厚く、そして優美な装飾が施されるようになっていった。

馬に乗った勇壮な騎士、美しい王妃、天使のような愛らしい姿の子供、さらには今にも動き出しそうなドラゴンの彫刻まである。

色褪《あ》せてしまっているが、神々を描いたであろう壁画も目を引いた。

どれも制作者が違うようだが、それぞれに趣《おもむき》がある。その時代の、最高の芸術家達が残したものだ。

この壁は別名『壁の美術館』と呼ばれ、人気が高く、ダオスタの観光名所の一つとなっているとか。

こんな状況じゃなければ、ゆっくりと見学させてもらいたいところだ。

オドンコールの壁を通り抜ければ、緑の絨毯《じゅうたん》が敷き詰められた庭園が広がっている。

庭の脇には樹木が生い茂り、数百メートル四方はあろうかという芝生の中央には、大きな噴水が水しぶきを上げていた。

奥に見えるのは、王宮へと続く白い石の階段。そしてさらにその奥には、何本もの尖塔がそびえ立っている。

一切狂いのないシンメトリーで造られた王宮は、庭園と素晴らしく調和していた。

王宮を守る、最後の壁をくぐり抜ける。

ダオスタの街が緊張に包まれているので、王宮の警戒もかなり厳しくなっているんだろうと思ったが、そうではなかった。

確かに警衛の騎士や、兵士や法術師と思われる人の姿はよく見かけたが、厳戒態勢というほどではない。普段の姿を見ていないので、実際のところはわからないが。

父に取り次いで欲しいと警衛を務めている騎士にお願いしたら、少しの間、その場で待つことになった。

何か情報を得るために警衛の騎士に話しかけてみたが、あまり反応がない。仕方なく、近くの壁に寄りかかる。

どこぞの国の動かない近衛兵のように、厳格な規律があってそれを守っているのだろう。

「アラン君、かな?」

ボーっと城の塔と塔の間から見える鮮やかな空を眺めていると、突然声をかけられた。

声のしたほうを向けば、白を基調とした騎士服を身に纏う、壮年の男性がそこにいた。

「大きくなったな。まあ、私が前に会ったのは、君がレイナル領に行く前のことだったから、当たり前の話だが」

嫌味のない高級感を醸《かも》しだす仕立てのいい服。整えられた口髭と髪は上品で、まさに紳士といった風体だ。穏やかで低い声は、大人の余裕と落ち着きを感じさせる。

俺ももっと歳をとれば、こういう大人になれるだろうか?

「お久しぶりです」

失礼のないよう、慌てて挨拶を返す。

微笑みをたたえている紳士は、この国の近衛騎士団団長であり、俺の父ヤン・ファー・レイナルの親友。

カッティーニ侯爵家の当主にして、あのフラン姉ちゃんの父親、ジョルジェット・カッティーニ様その人だった。

†

ジョルジェット様に促され、王宮の中を進む。

道すがら、ジョルジェット様は沢山の人と挨拶を交わしていた。

やはり近衛騎士団の団長ともなれば、たくさんの人に挨拶をされるくらい偉いんだなあと見ていたのだが、ほとんどの人は同行していた俺にも声をかけてくれた。しかもなんだか、ジョルジェット様に対してとは違った感じで。

まあ、自己紹介を挟んでくるのはいいんだ。俺は王宮は初めてだし、初対面の人であれば当然だろう。流石に剣闘大会のパーティーで挨拶したと言われたときは、誰だったかと嫌な汗をかいてしまったけど……。

問題なのは女性。特にメイドさんなんて、いちいち名前とともに未婚であることや、年齢を言う始末。それが普通なのかとも思ったけど、流石に十人を超えたあたりでおかしいと感じてきた。

先程も二人組のメイドさんが綺麗なカーテンシーで名乗り、蠱惑《こわく》的な笑みを浮かべて立ち去っていった。ジョルジェット様によれば、どちらも貴族の、いいところのお嬢様のようだ。

「どうやら皆、君のことが気になって仕方ないみたいだ」

「俺が、ですか？　でも、なんで？」

「当然だよ。君はあのヤンの息子なんだから。それに、近年のレイナル領は著《いちじる》しく発展している。君を捕まえようと、皆必死なのさ」

「えぇぇ……？」

確かに、剣闘大会のパーティーのときも女性に挨拶されまくったし、誘いの手紙は来るけど……。そう言えば、俺が不在中の手紙はホテルのほうに届いてるのだろうか？　どれだけ届いているのか、帰るのが少し怖くなってきた。

「ははは。これはフランチェスカも大変だな」

「えっと、フラン姉ちゃん？」

俺は後をついて行きながらジョルジェット様が突然笑い出した理由を考えるが、思い当たることはない。

ジョルジェット様はそんな俺を少しだけ振り向き、また前を向いて話しだす。

「藍華騎士団という騎士団を設立して、彼女らが拠点を得てから、どうも娘とはすれ違うことが多くなってね。会ってもなんだか心ここにあらずといった様子で、心配していたのだよ。きっと娘も一人の騎士として、私と同じような立場で色々と苦労しているのだと思っていた。私に言えないこともあるだろうしね。だが、この間、顔を合わせたときは、本当に昔の娘に戻っていた。……何があったのかはわからないが、君のお蔭なんだろう？　ありがとう。胸のつかえが取れた気がするよ」

「いえ……俺は何も」

「……私としては、あとは早く嫁に行ってくれればと思ってるんだがね」

その言葉を切っ掛けに、なんだか前を歩くジョルジェット様の雰囲気が変わった。どことなく圧力のようなものを感じる。

「親の贔屓目《ひいきめ》を抜きにしても、娘は器量はいいし性格も明るく、道理を弁《わきま》えている。それに、あれは一途だ」

「は、はい」

「色々と縁談の話は来ているんだ。この間など、公爵の次男坊から申し入れがあった」

「そうなんですか。フラン姉ちゃん、モテるんですね」

「そうだね。……アラン君は、娘のことを何も思っていないのか？　……だとすると、娘の一方的な片思い？　……いや、だが、アラン君は自分の身も顧《かえり》みないでフランチェスカを助けたという話だった。……まんざらでもないのは確かだ……」

何やらぶつぶつと呟くジョルジェット様の言葉は、俺の耳にはよく聞こえなかった。

そのまま歩き続け、彼は突然立ち止まった。

「ついたよ。この中なら、ゆっくりと話ができるだろう」

見れば彼の右手側に、一つの扉があった。どうやら、目指していた部屋はここらしい。

「あの、でも俺、ゆっくりしてる暇は――」

「わかってるよ。だけど、誰が聞いてるかもわからない場所で立ち話をすることはできないだろう？　ここなら防諜《ぼうちょう》の法術がかかっているから、秘密の話をするには最適だ」

ジョルジェット様はそう言って部屋の中に入り、テーブルを挟んで奥側の椅子に座るよう、俺に勧めた。そして俺の対面の椅子に座ると、ジョルジェット様は話を始める。

「さて、相談とは、なんだい？」

先ほどとは違う圧力のようなものを感じて、俺は少しの緊張を覚えた。おそらくジョルジェット様は、フラン姉ちゃんの親という立場から、近衛騎士団団長という立場に気持ちを切り替えたのだろう。

「はい。実は――」

俺はただ簡潔に話をした。

獣人達のいる流民地区に行きたい、そこにいる、ある獣人に会いたいのだと。

その獣人――ムーダンのことも話した。奴隷を解放する指導者で、彼なら今起きている事態を収められるかもしれない。

「……そうか」

俺の話を聞いたジョルジェット様は、難しい顔をしていた。

「聞きたいことは色々あるが、納得はした。アラン君は、獣人達を救いたいのだな」

無言で頷く。

そう。俺の一番の目的は、それだ。

再会したルチアの無邪気な笑顔を見て、俺はこれ以上、彼女のような子供を、あるいは彼女の母親のような人を増やしたくはないと思った。

「なぜそこまで、獣人達を……いや、愚問だったな。レイナル領には獣人が多いと聞く。彼らも穏やかに暮らせるようにと君が言い出して、実現したらしいじゃないか。隣国のシルケンでは、獣人の身分制度をなくそうという動きもある。案外、我々の考えが古いだけなのかもしれないな」

ジョルジェット様は、一通の手紙を認《したた》めてくれた。

これを見せれば、現在流民地区を包囲している軍の陣を通り抜けられるだろうとのこと。

「だが、あそこは厳戒態勢だ。何が起こるかわからない……危険だぞ？」

「わかっています。でも、俺は行きます」

強く言い切る俺を見て、ジョルジェット様は目を細める。

「頑固だな。目的のためには危険も厭《いと》わない、か。そんなところは、父親にそっくりだ」

「ありがとうございます。俺にとっては、最高の褒め言葉です」

「ははは、それは困ったな。こちらは肝を冷やすだけで、あいつには困らされてばっかりなのだが」

苦笑するジョルジェット様に笑顔を返し、立ち上がる。

「それでは、行きます」

「ああ、気をつけろよ」

「はい」

しかし部屋を出ようと扉のノブに手をかけた俺に、声がかかった。

「ときにアラン君、その……母君は……マリア殿は、ご健勝かな？」

「母ですか？　はい、元気です」

「そうか、それなら良かった。お元気でいらっしゃるなら、それで」

振り返ってジョルジェット様を見れば、彼はどこか寂しげな表情を浮かべていた。

そういえば昔母から聞いたが、ジョルジェット様の奥さん――つまりフラン姉ちゃんのお母さんは、フラン姉ちゃんがまだ幼い頃に流行《はや》り病で亡くなってしまったらしい。

母も生前は少しばかり交流があったようで、その人のことをとても芯の強い、美しい人だったと言っていた。

そんなことを思い出しながらジョルジェット様を見ていると、彼の後ろに立つ、穏やかな気配に気づいた。

これは、神様？　――いや、違う。

「……？　どうしたんだい？」

俺の視線が気になったのだろう。ジョルジェット様が問う。

俺はそれには答えず、そのままジョルジェット様のもとに歩み寄る。

「なんだい？　忘れ物かい？」

「いえ、なんでもありません。ただ、握手をお願いできますか」

「握手？」

「はい」

首を傾げるジョルジェット様だったが、断る理由もないと考えたらしい。

「なんだかよくわからないが、いいよ」

「……ありがとうございます」

ジョルジェット様が差し出した手をとる。

そして、俺は能力を使った。

その存在がこれを望んでいると、なぜか確信したのだ。

案の定、ジョルジェット様の背後にいた穏やかな存在から、喜びの感情が発せられた。

「では、今度こそ。ありがとうございました」

「ああ」

最後に振り返った俺が見たのは、ジョルジェット様に寄り添う、美しい女性の姿。

ただ嬉しそうに笑みを浮かべてこちらを見ていた。

俺には、他者を強化する力以外にも、死者に安らぎを与える力がある。彼女に使ったのは後者の力だ。

微笑む女性には、どことなくフラン姉ちゃんの面影があった。

扉を閉める間際《まぎわ》、彼女は深く俺に頭を下げ、それは扉が閉まりきるまで続いていたのだった。

†

流民地区へと急ぐ。

ジョルジェット様によれば、流民地区にいる軍は、主にダオスタ北西部から北東部にかけて、半円状に陣を展開しているらしい。

意外にも、ダオスタの街の外にはあまり人員が投入されていない。

というのも、暴動を鎮圧すること、ダオスタの住民を守ることが軍の目的なので、まず流民地区から獣人達を出さないように配置しているからだそうだ。

街の中心であるダオスタ城を後にし、三つの壁を潜り抜ける。

壁を抜けるたびに街並みが変わり、今は生活感溢れる家と家の間の細い道を足早に進んでいる。

どこか見覚えのある景色。

上を見上げれば、まるで蜘蛛《くも》の糸のように、家と家の間に張られた紐が見える。そこにいくつかの洗濯物が吊るされ、微《かす》かな風になびいていた。

そう多くはない人達とすれ違い、前の人を追い越して先を急いでいると、知り合いの姿を見つけた。

「あれ？　アランさん？」

「コノリ？」

どうしてこんなところに？　という驚きはあったものの、口から出ることはなかった。

「え？　え？　どうしてこんなところにアランさんが？」

そう、それはむしろコノリの台詞だった。

ああ、見覚えがある風景だと思っていたが、この辺りはコノリの家の近くだったのか。

コノリは俺が剣闘大会に出たとき、俺専属のスタッフとして色々と世話をしてくれた女の子だ。

そのとき彼女の母親が病気であることを知り、何度か家を訪ねて治療にあたっていたのだが、なかなか成果は出ていなかった。

コノリは、まだ俺がパウーラにいるものと思っていたらしい。

確かにパウーラからの帰り道でダオスタでの出来事を知ってからは、乗っていた馬を俺の力で強化し、急いで戻ってきた。ラスほどではなかったものの、普通の馬の何倍もの速さだったな。

馬屋で借りた馬だったのだが、返す時に俺から離れたがらなくて困った。幸い、よく言い聞かせたら馬は納得はしてくれたが……。

それはともかくとして、俺はコノリに簡単に事情を話して、この先の流民地区に向かっていることを伝えた。

「流民地区、ですか？　でもあそこには今、兵隊さん達がいるみたいですよ。道も封鎖されていて、普通の人は通ることができなくなっています。なんだか危ないから近寄らないようにって、地区長さんも言ってましたし」

「コノリ達は大丈夫だったのか？」

「はい。幸い、うちの辺りは何事もなかったです。……あの、もしよかったら、私が案内しましょうか？」

「流民地区に？」

「はい」

確かに俺はダオスタの地理に疎《うと》い。しかもダオスタには似たような通りが多くて覚えにくく、何度か行ったことのある場所でも、自信を持って進むことは難しいのだ。

実は、流民地区までの大まかな道はさっき城を出る際に、近くの兵士に教えてもらったのだが、どうにも道が合っているとは思えなかった。

コノリの申し出は素直にありがたい。しかし俺が今向かっている流民地区は、現在厳戒態勢の中にある。そんな危険なところにコノリを連れて行くわけにはいかない。

「ありがとう。でも、危険だから。道を教えてくれれば、それでいいよ」

そう断るも、コノリは引かない。

「いえ、実は流民地区へのいい近道があるんですが、口で説明するのは難しいんですよ」

「なんとか覚えてみるよ」

「……でも、アランさん、ここまでの道、兵士さんに教えてもらって来たんですよね？」

「あ、うん。そうだけど」

「だったら、かなり遠回りしちゃってますよ？　お城から流民地区に最短で行くなら、もっと別の道があったはずです」

「う……そうなんだ」

「はい。道が複雑だから、慣れてない人が迷うのもわかりますけど……先を急ぐなら、やっぱり道案内がいたほうがいいと思うんです。それに……私、アランさんのお役に立ちたいんです。……駄目、ですか？」

上目遣いで眉を下げるコノリを前に、俺は断りきることができなかった。

せめてもの妥協案として、コノリの案内は軍が陣を展開している手前までということにすると、それでもコノリは嬉しそうに俺の手をとって歩き出す。

「じゃ、じゃあ、行きましょう！　こっちの道を行ったほうが、断然近いんです！」

「あ、ちょっと待ってくれよ、コノリ」

「アランさん、急ぐんでしょう？　早く行かないと！」

「わわわ……！」

急に手を引かれたので、俺はつんのめりそうになりながら、なんとかコノリについていく。

ズンズンと進むコノリ。なんとなく、彼女の耳が赤くなっているように見えた。


コノリは駆け足に近い早足で進む。

俺達はいつの間にか、雑多な雰囲気の市場みたいな場所に足を踏み入れていた。

通りの脇には、木の骨組みに布を張っただけの簡素な屋台が隙間なく並んでいる。

置いてあるものは野菜や果物、麦などの穀物に、鉄や陶器、木でできた皿や茶碗、そして大きな壺。衣類や武器防具。絵画を並べている店もあれば、小さな鳥やヤギなどの家畜を扱っている店もある。

店先には店主が立ち、通りを行く人を呼び込もうと声を張り上げていた。

人々のざわめきで、近くにいる人の言葉すらうまく聞き取れない。なんだか急に異国に迷い込んだように思えた。

この王都に来てからは、ネッドのお店周辺で買い物をしていて、あまりこういった雰囲気の場所に来ることはなかった。

ネッドの店は、どちらかというと上流階級向けで、市場の店は庶民を対象としているのだろう。

先を急がなければならないことはわかっているが、珍しさからついつい目がいってしまう。

「アランさん、市場に来るのは初めてですか？」

「ああ、うん。でも、暴動があったっていうのに、ここはすごい活気だね。人も多いし」

俺は市場の活気に圧倒されていた。

聞けば、ここはコリューン市場といい、同じ規模の市場がダオスタにはあと二つか三つはあるらしい。

「でも、今日はだいぶ人が少ないですよ？　いつもなら、この倍はいますから」

「え、これで？」

つい周りを見渡すが、目に入ってくるのは人、人、人。とにかく人だ。

流石に東京のラッシュアワーほどではないが、それでもかなりの人口密度である。

大きな荷物を抱えている人。先を急いでいる人。店で品物を物色している人。道幅は広くないのだが、時折馬車も通りがかる。

人にぶつからないように歩くのは結構大変だが、コノリは慣れた足取りで進んでいく。

「コノリはよく来るの？」

「そうですね。食材なんかの買い物は、だいたいここでしちゃいます。顔見知りの人も多いから、いっぱいおまけしてもらえるんですよ？　例えばあそこで野菜売ってるおじさんなんか、いつも大きめのものを見繕ってくれたり、売れ残りを格安で譲ってくれたりするんです。あそこのお魚屋さんはお買い得な魚が入ったら真っ先に教えてくれますし、干し物屋さんのおばさんは、よくお茶をご馳走してくれます」

「へー」

そういえばさっきから、コノリに声をかけてくるお店の人が多い。コノリもそれににこやかに手を振りながら挨拶を交わしている。

たまに俺と手を繋いでいるのをからかわれているが、それほど彼女と市場の人との距離が近いということだろう。

ずんずん進んでいくと、美味しそうな匂いがしてきた。焼いた肉や魚の匂い、それに香辛料の香りが混じっていて、食欲をそそる。

「なんだかいい匂いがしてきたね」

「ああ、ここから先は、食べ物の屋台が多いんです。色んなものがありますが、どれもこれも、みんな美味しいですよ」

「うん、確かにうまそうな匂いだ」

「特にこの先にある屋台のムルヌルサンドが美味しいって評判で、いつも人が並んでるんです。残念ながら、私は食べたことないんですけど」

コノリはどこの屋台の何が美味しいだとか、あそこの店は人気だとか、興奮気味に語っている。

俺はそれに耳を傾けながら、彼女に手を引かれていた。

だがそんなときだ、ぐー……と何かが鳴ったのは。

「っ……！」

それは、腹の音だった。

音を鳴らした主は立ち止まり、空いているほうの手で自分の腹を押さえている。

ざわめきの中で、突如訪れた沈黙。

ぐー……。

さらに追い討ちをかけるように、もう一度。

コノリはなんとも気まずそうな表情をして、真っ赤な顔で目に涙を溜めていた。

「……あ、あの、……こここ、これは！」

俺だって、気まずいことこの上ない。

涙目のコノリをなんとかしてあげたいが、どう声をかければいいのか、まったく思いつかなかった。

なんとかしなければ……！　焦《あせ》りばかりが募《つの》っていく。

だがそんな状況を打開したのも、腹の音だった。

ぐー……！

さっきよりも大きな腹の音。

それが鳴ったのは、コノリではなく、俺自身の腹からだった。

そういえば急いでいたので、何も食べていなかった。腹が減っているのは当然だ。

「……っぷ」

「……くくく」

どちらからともなく、噴き出す。

「……ふふふ。ふふふふふ！」

「……くくく。ははははは！」

そのまま暫くの間、二人で笑いあった。

先を急いではいるが、屋台ならすぐに買えるだろうし、手軽に素早く食べられるものを選べば問題ない。

「何か、買っていこうか」という俺の提案に、「はいっ！」という元気のいい返事をするコノリだった。

†

人気だというムルヌルサンドの屋台の前には、十人ほどの列ができていた。

購入した人が手に持っているのは、フランスパンのような丸長のパンに切り込みを入れて、その間に野菜や何かの肉を挟んだもの。

肉は挟む直前にわざわざ焼いているらしく、香ばしい匂いが漂ってくる。この匂いもまた、集客に大きく寄与しているのだろう。

「コノリ、ムルヌルって、なに？」

「ムルヌルはお魚です。鯰《なまず》の仲間ですね。美味しいらしいですよ！」

「へー」

あれは肉じゃなくて魚、しかも鯰か。食べたことはないけど、美味しいのだろうか。

……いや、こんなにも多くの人が並んでいるのだから、美味しいに違いない。

「はいよ、お待ち！」

「ありがとうございます」

人は並んでいるが回転は速く、どんどん列は進み、さほど待つことなくムルヌルサンドを手に入れることができた。

腹が減っては軍《いくさ》はできぬ、という言葉があるように、やはり活力の源である食事を疎《おろそ》かにしてはならない。こんな非常時ならば、なおさら食べられるときに食べておくべきだろう。

俺はそう言い訳をしつつ、新しい味覚との出会いに胸を弾ませた。

「さてと、コノリには悪いんだけど、適当な場所で早く食事を済ませよう。あまりのんびりはしていられないんだ」

自分の事情にコノリを付き合わせるのは申し訳ないが、なるべく早く流民地区に行きたい。こうしている間にも、獣人と人間の争いは続いているのだから。

「ええ、わかりました。この先に橋があるのですが、そのたもとなら休憩にちょうどいいと思います。そこから見る景色も最高なんですよ」

「うん、ありがとう」

「あはは、気にしないでください」

コノリの言っていた橋は、歩いてすぐの場所だった。

橋のたもとは広く、河の両岸にあたる場所は階段状になっており、そこに座って食事をとっている人がちらほらいる。敷物を広げて、その上で昼寝をしている人もいた。

河の流れは緩やかで、行き交う船はゆっくりと視界を通過していく。

対岸には街路樹と、色鮮やかなレンガの家々が並んでいた。

河の下流に目を向ければ、枝分かれした河と、その上に架けられた橋。河辺に建てられた家や、さらに遠くにはダオスタを囲む壁も見える。

人々の営みを感じつつも、どこか遠いところにいる錯覚を抱くこの場所。

いつまで見ていても飽きない、魅入ってしまうような景色だった。

「いい眺めだね」

「はい。私のお気に入りの場所なんです。辛いことがあったときや、心を落ち着かせたいときに、よくここに来るんです。今はまだ明るいですが、ここから見る夕焼けや、夜の家々の明かりが水面に映る景色がとっても綺麗なんですよ」

「うん。素敵な場所だね」

「はい」

河を眺めるコノリの横顔は、どこか嬉しげで、しかし寂しさを漂わせている。

同じ景色を見ているはずだけど、果たして俺は本当に彼女と同じものを捉えられているのだろうか。

「アランさんと一緒にこの景色を見ることができて……本当に良かった」

「ありがとう、コノリ。大切な場所を教えてくれて」

「いえ……。あの、アランさんには、大切な場所ってありますか？」

「大切な場所？」

コノリにそう聞かれて、頭に浮かんだのは、レイナル領の景色だった。

城の窓から見える雄大な自然。美しい湖。精霊樹の森の空気と、流れ落ちる滝。

春の優しい日差しと新緑の美しい山々。夏の濃い空気と河や湖上に溢れる笑い声。実りの季節の田園。冬の厳しい寒さと真っ白な景色。

そして、そこに暮らす人々の顔。

レイナル領にいた頃は何も思わなかったけど、こうしてダオスタという遠い場所に来て暫く経ってみると、懐かしさがこみ上げてくる。

日本から転生してきたというのに、いつの間にか、あの場所は自分の故郷になっていた。

ミミ様に託されたミミアや妹のフィアス、ラスや樹霊族のティーリさん、レイナル領の皆は元気だろうか。

「アランさん？」

コノリの声で我に返る。ついもの思いにふけってしまった。

「……大切な場所、か。そうだね、俺にもあるよ。いつかコノリにも見せてあげたいな。レイナル城から見える雄大な山々と、美しい湖、レイナル領の人々の営みを」

「……はい、いつか」

目の前に映る景色を見ていたら、遠くから正午を知らせる鐘の音が聞こえてきた。

「あ、もうこんな時間……。アランさん、早くムルヌルサンドを食べましょう。時間もないですし、せっかく温かいものを買ったんですから」

「あはは、そうだね」

手近な場所に身に着けていたマントを敷いて、二人で肩を並べて座る。

包み紙を開くと、ムルヌルサンドはまだ温かかった。

「おいしそう！」

「うん。早く食べよう！」

「はいっ！」

早速かぶりつくと、柔らかなパンとそれに挟まれた葉野菜、そしてムルヌルが口の中に入り込んでくる。

使われているソースは少し酸味があって、香辛料が利《き》いているがクリーミーだ。

そのソースがパンと野菜、ムルヌルの味をうまく調和している。

辛味のあるピクルスのようなものが時折口に入り、飽きを感じさせない。

「んー！」

コノリは口いっぱいにムルヌルサンドを頬張りながら、言葉にならない感動の声をあげている。

確かにうまくて、腹が減っていたというのもあるが、あっという間に食べてしまった。

食べ終わったのはほぼ同時。指に垂れたソースを舐《な》めているコノリは、恥ずかしそうに笑みを浮かべた。

「ご馳走様でした！」

「どういたしまして。俺もコノリのお蔭でうまいものが食べられて良かったよ」

「えへへ。……あれ？　そういえばアランさん、もう一つムルヌルサンドを買ってませんでした？

もう食べちゃったんですか？」

「あ、これはカトカさんへのお土産《みやげ》。はい」

「えっ⁉　すすす、すみません！」

ムルヌルサンドを手渡すと、コノリはわたわたと慌てて受け取った。

多分、冷めてもこれはうまいと思う。カトカさんも喜んでくれるといいが。

そういえば、カトカさんのことで気になっていたことがあった。

「コノリ、虹石のペンダントは今どうしてる？」

「え？　あ、あの、いつも……いつも、身につけています。……アランさんを、想って」

コノリは少し顔を赤くして俯く。彼女の最後の呟きは、あまりに小さすぎてよく聞こえなかった。

でも、今身につけているのなら、丁度いい。

「そっか。ちょっとそれ、貸してもらっていいかな？」

「これを、ですか？　はい、どうぞ」

コノリが首にかけていた鎖を外し、虹石を俺に手渡す。

それを受け取り手で包むと、俺は静かに目を閉じ、力を注ぐ。

それは時間にして数秒のことだった。

手ごたえを感じて、俺は閉じていた目と手を同時に開く。

手の中にあった虹石は、淡く光を放っていた。

「綺麗……」

俺の手の中を覗き込むコノリが、感嘆の息を漏らした。

「……これでよし。コノリ、この虹石をカトカさんの身につけてみてくれないか？　多分今までよりも、症状が改善するはずだから」

そう、俺が気になっていたのは、カトカさんの病気とその原因のことだ。

俺が治療と称して、カトカさんに光の祝福の力を使ったとき、彼女から何か得体の知れないものが噴き出した。

それは、正気を失わせる毒に侵《おか》されていたフラン姉ちゃん達、藍華騎士団の団員達から立ち上ったものと同じ。

フラン姉ちゃん達は毒にやられていたのだが、彼女達の体に入り込んでいた、あの黒い靄《もや》――それこそが根本的な原因だったように思う。

それは邪神。

厳密には邪神の一部なのだろうが、ともかく現にあれがフラン姉ちゃんに纏わりつき、体の中に入った途端、彼女の様子がおかしくなった。

藍華騎士団の皆は、俺の光の力で正気に戻ることができた。しかしフラン姉ちゃんは特に多くの毒を飲まされたからか、それだけでは駄目だったのだ。

光の祝福をやめれば、すぐに邪神は寄ってきて常にフラン姉ちゃんの体に入ろうと狙っていた。

かといって、俺がずっと彼女の手を握り続けているわけにもいかない。

それを解決したのが、この虹石である。

このように光を放つ虹石を身につけることで、邪神を撥《は》ね除《の》けることができたのだ。

だから、カトカさんも同じはず。この光を放つ虹石を身につけてもらえば、少なくとも体に憑《つ》いている邪神はいなくなる。それだけでも、病状は良くなると思うのだ。

「これを、母にですか？　わかりました。帰ったら、つけてもらってみます」

虹石を手渡すと、コノリは大切そうに受け取り首にかけた。

「さあ、お腹もいっぱいになったし、そろそろ行こうか」

「そうですね。流民地区へは、あの橋を渡って壁を抜ければすぐですよ」

もう少し食事の余韻を楽しみたいところだが、その辺はコノリも弁えていて、すぐに立ち上がる。

埃《ほこり》をはらい、軽く伸びをして、それから俺達はまた歩き出した。

†

あともう少しで流民地区。周囲は人通りもまばらになってきており、どこか物々しい空気だ。

住宅の立ち並ぶ地区に差し掛かったとき、俄《にわか》に通りの雰囲気が慌ただしくなった。

何か騒動があったらしく、人々の意識が俺達の進む先に向いている。

「なんだろう？」

「あっちのほうみたいですね」

そのまま進んでいくと、聞こえてきたのは大きな叫び声。切羽詰まったような野太い男の声だ。

すでに人だかりで垣根ができてしまっているその場所を爪先立《つまさき》ちで覗こうとするが、目的のものは見えない。

周囲の人達も、俺と同様の行動をとっている。

コノリと様子を窺《うかが》っていると、人々の会話が耳に入ってきた。

「何があったんだ？」

「ああ？　俺もよくわからねえけど、獣人が騒ぎを起こしてるみたいだぜ」

「獣人？　おいおい……こんなところでかよ。兵士は何やってるんだ。今獣人どもは流民地区に閉じ込めてるんじゃないのかよ」

「知るかよ。でももうすぐ兵士も来るだろうし、この獣人は処刑されるんじゃねえか？」

「だな。でもこんな場所で処刑は勘弁してほしいな」

「ああ。そうだな」

中年の男性が二人、人垣の間からなんとかその先の光景を目にしようと、首をしきりに動かしながら会話をしていた。

「獣人がそこのお店に立てこもっているそうよ」

「ええ⁉」

「子供を人質にとっているみたい」

「えっ⁉　大丈夫なの、それ」

「わからないわ。少し前に兵士を呼びにいったそうだから、すぐに来ると思うけど……」

「早くしてほしいわね……暴動も心配だし。でも、なんでこんな場所に獣人がいるのかしら」

「本当ね。獣人は大人しく、掃溜《はきだ》めにいればいいのよ」

中年の女性が二人、そんなことを話していた。

……人質？

「アランさん……」

子供が人質にとられていると聞いて、コノリが心配そうな顔で俺の名を呼ぶ。

俺もそれを聞いて、このままただ人垣の一部でいるという考えはなくなっていた。

「うん……」

俺は腰に提げている剣を確認する。おそらく使うまでもないが、念のためだ。

探知の術を使い、獣人が立てこもっているという店の中を探る。すると、その犯人と人質にとられている子供の場所を把握することができた。

子供は犯人に抱きかかえられているわけではない。ならば、いける。

「アランさん？」

「ちょっと行ってくるよ」

呼びかけに軽く答えると同時に、垂直に近い形で跳んだ。

「――え？」

コノリのそんな声を置き去りにして人垣を飛び越え、着地する。

窓から覗いてみると、さっきの野次馬の話の通り、獣人――豚人の男が、店の奥で小さな男の子にナイフを突きつけていた。

俺は堂々と入り口の扉を蹴破り、店の中に入る。

「な、なんだ⁉」

豚人の男は突然現れた俺に驚きの声をあげた。

俺は一瞬のうちに対象を確認すると、間髪を容《い》れず、次の行動に移った。

驚きに目を見開いている男の動揺が消えないうちに、俺は床を蹴る。

瞬《また》く間に彼我《ひが》の距離は縮まった。

動揺している相手に動きはない。

俺は男の鳩尾《みぞおち》に拳を突き入れ、一瞬にして意識を刈り取る。

ドッ！　という音とともに豚人は床に倒れ、続いて金属の落ちる乾いた音が響いた。

「もう大丈夫だよ」

俺は人質になっていた幼い男の子を抱き上げ、店の外に出る。

突然の出来事についてこられないのだろう、事態を見守っていた人々は声を出すことなく呆然としていた。

「お母さん！」

そんな中いち早く沈黙を破ったのは、この騒動の当事者の男の子だった。

俺の腕からもがくようにして脱出した男の子は、一人の女性のもとへと駆けていく。

「ああ！　坊や！」

母親は駆け寄った男の子を抱きしめると、大きな声で泣き出した。

俺はその光景に安堵しつつも、倒れ伏している豚人の男から意識を外さないでいた。

周囲が騒ぎ、歓声をあげていても、それを無視して警戒を続ける。

豚人の男は動かないが、息はしているようだから死んではいない。

そもそも俺は気絶させただけ。手加減もしたし、起き上がれないほどのダメージはなかったはずだ。

「……ひっ……ひぐっ！」

男はやがて、肩を震わせた。

聞こえてきたのは嗚咽《おえつ》だった。豚人の男は床に倒れ伏したまま泣いていた。

慎重に近づくが、立ち上がる様子はない。

剣が届く距離――およそ二メートルまで近づいても、男は泣いたままだ。

動きがあったのは、俺の背後からだった。事態を見守っていた衆人から、突如怒号が湧き起こったのだ。

「……殺せ！」

「そ、そうだ、殺せ！」

「殺せ！　そんな獣人、殺しちまえ‼」

「そうだ、早く殺せ！」

思わず振り返る。人々の顔を目の当たりにして、俺は言葉を失った。

悪意。そして殺意。

人々の憎しみのこもった目が、今もなお嗚咽している獣人に向けられていた。

「な……。あ……」

俺の口から言葉は出なかった。

血走った目。

怯《おび》えるような目。

怒りをぶちまける男達は今にも飛び出しそうな勢いだ。

女達は強い侮蔑《ぶべつ》と恐怖の混じった目を向け、周囲に同調するように言葉を吐き出している。

集団心理で気が大きくなっているとはいえ、ここまで悪意を剥《む》き出しにできるものなのか。

確かに罪を犯したが、ここまで、獣人は憎まれているのか。

俺はただ呆然と人々を眺めることしかできなかった。

「どけ！　どくんだ！」

「獣人が罪を犯したと聞く！　それはここか⁉」

そんな中、人々を押しのけて、ようやく二人の兵士がやってきた。

遅い到着だ。……いや、それで良かったのかもしれない。もし早くに来て、あの獣人が血迷って子供を害していたら、今頃どうなっていたことか。

兵士の目は俺を捉え、次いで俺の後ろにうずくまっている豚人に目を留めた。

「そいつが件《くだん》の獣人か……」

「大人しくしろ！」

「ひいいっ！」

兵士が乱暴に、倒れている男を槍の石突きで打ちのめす。

身を守ろうと頭を抱えて丸くなる獣人。

それを見た人々は歓声をあげる。

もっとやれ。ざまあみろ。自業自得だ。殺してしまえ。

立ち尽くす俺の後ろから、嬉しそうに人々は言葉を吐きかけた。

あの男に捕まっていた子供が、母親と一緒に俺に頭を下げている。

悪意、殺意、安堵、謝意、困惑。色々な感情がごちゃまぜになった、混沌とした場がそこにあった。

「……なんでだ！」

しかし、突如投じられた叫びが、そこにいるすべての人々の意識を集めた。

叫びは、兵士に打ち付けられている豚人から発せられたものだ。

「……なんでだよ！　お、俺は、その子供の父親に、や、やられたことを、やり返そうとした、だけだ！　俺の、母親、は、俺を人質に取られて、殺された！　お前に、お前達、人間に！」

豚人の睨む先にいたのは、さっきの母親と子供に寄り添う一人の男だった。おそらく、彼がその父親だろう。

視線が父親に集まる。

「ふ、ふざけるな！　獣人ふぜいが適当なことを言いやがって！」

「誰が適当なことを、言うか！　この、卑怯者の、人殺しが！」

「うるさい！」

「うがっ！」

父親は豚人に駆け寄り、その顔を蹴飛ばす。そして豚人を取り押さえている兵士に言った。

「そいつを斬れ！　早く斬ってくれ！」

兵士達は互いに目配せをして頷き、一人が腰の剣を抜いて、ゆっくりと上段に構える。

「やれ！　やっちまえ！」

誰の声かはわからない。だがその声がきっかけとなった。

兵士は今もなお喚《わめ》く豚人の首に向けて、剣を振り下ろした。

†

甲高い金属のぶつかる音が響く。その音は、周囲の人達が予想していたものとは違っただろう。剣と剣が交差し、豚人の首の間際で止まっている。

間一髪だった。

「貴様、何をする！」

剣を止められた兵士は怒りの声を発する。

その言葉を聞き、俺の頭は急速に冷えていった。

罪を犯した者とはいえ、意味もなく人の命を奪おうとする兵士。そして、それを煽《あお》る周りの人達。

彼らに向かい、冷静に語りかける。

「何をする？　それはこちらの台詞だ。せっかく生け捕りにしたのに、いきなり殺そうとするなんて何を考えてるんだ」

「うるさい！　口出しをするな！」

「そ、そうだ！　子供を救ってくれたあんたには感謝しているが、それとこれとは話が別だ！　こんな糞《くそ》のような獣人は、さっさと殺してしまえばいいんだ！」

激昂する兵士と父親を、もう一人の兵士が制止しようとする。

「お、おい、お前ら相手をよく見ろ。この方は、アラン・ファー・レイナル様。あの英雄ヤン様のご子息だぞ」

「なっ？」

その兵士は俺が誰なのかわかっていたようだ。

兵士の発言を聞いた衆人達はざわめき、何度も俺の名前を口にした。

相手が「アラン・ファー・レイナル」だと認識した兵士は、さきほどまでの威勢を引っ込め、剣を収めた。しかし燻《くすぶ》る火を内心に抱えながら、俺に問い掛ける。

「……だが、英雄の息子と言っても、一般人と変わらないだろう。軍に所属しているという話は聞いていないしな。……それで、アラン・ファー・レイナル様。一般人であるあなたが、我々の公務を妨害するのは罪にあたりますが、どういうおつもりで？　事と次第によっては、あなたも逮捕しなければならなくなりますよ？」

「おい、お前……」

「うるさい。お前は黙ってろ」

別の兵士が咎《とが》めるも、彼は止まらない。

だが、確かにその通りだ。貴族という立場にあるものの、俺自身は何の権限も持ち合わせていない。

「……英雄の息子は、獣人の味方なのか？」

「いや、でも子供を助けたよな？」

「でも、獣人をかばったわよ」

事の成り行きを見守っていた衆人から、そんな囁《ささや》きが聞こえてきた。

どういうつもりかという兵士の問いかけに対し、数瞬の思考の後、俺はこう答えた。

「……この男は、俺が捕縛した。だから、俺が連行します」

それは苦し紛れに近い。

「あなたが、ですか？　しかし……」

普通ならば、一般人の俺にそんなことが許されるわけもなかっただろう。

だが、懐に入っていた、あるものがそれを可能にした。

「……許可はいただいてあります。これを」

「許可、ですか」

そう言って兵士に見せたのは、ジョルジェット様に書いてもらった、あの手紙。

中には『この手紙を持つ、アラン・ファー・レイナルに、一時的に近衛騎士団と同等の権限を与える』という一文が書かれている。

単に陣を抜け、流民地区まで行くためのものと考えていたが、これは今この場でも有効なはずだ。

「……確かに、あなたが騎士としての権限をお持ちになっていることは確認しました。ではこの罪人は、お任せしてもよろしいですね？」

「ええ。問題ありません」

「……大変失礼いたしました」

激昂していた兵士は先の非礼を詫び、俺はそれに頷きで返した。

そして兵士から手紙を受け取って懐にしまい込むと、獣人に括《くく》り付けられた縄を手に持った。

「ちなみにアラン様は、これからどちらに？」

「この先の、流民地区へ行く予定です」

「……ああ、なるほど。あそこの一画は、獣人どもの隔離地域になっているはず。そこにこいつを連行しようとお考えなのですね。では、お気をつけて」

「ええ」

獣人はさんざん打ちつけられて観念したのか、黙って従っている。

兵士に敬礼を返し、多くの人に見送られながら、俺達は足早にその場を後にした。

そのまま歩いて、狭い路地の前に差し掛かったときのことだ。

少し距離を置いてついてきているコノリと、周りに人がいないのを見て、俺はその路地に入り込んだ。

「コノリ、ついてきて」

「あ、アランさん⁉」

狭く、入り組んだ路地。多分、この辺なら大丈夫だろう。

それまで無言で縄を引かれていた獣人も、俺の突然の行動に困惑しているようだ。

俺は誰も来ないことを改めて確認すると、治癒の術を獣人に施してから、彼を縛っていた縄を解く。

されるがまま、驚きのあまり体を硬直させる獣人の足元に、自由を奪っていた縄がパラリととぐろを巻いて落ちた。もう、彼の体の自由を奪うものは何もない。

「……なんの、つもりだ?」

「見ての通り、あなたを解放します」

「……なんでだ?」

「話を聞いて、あなたが悪いとは思えなかったから」

子供を人質にとったことは、罪にあたるかもしれない。騒ぎを起こしたこともそう。人間に対して危害を加えようとしたことだって、彼ら獣人にとって、この国では重罪になってしまう。

でも実際のところ、この人は誰も傷つけていない。

「……いいのかよ。お前は、あの英雄の息子なんだろう? 俺が逃げたことがわかれば、大変なことになるんじゃないのか」

「大丈夫です」

「俺が、言いふらすかもしれないぞ」

「その辺は、あなたを信じるしかありません。ばれたらばれたで、逃げられたとか言えばいいでしょう。なんとでもなります。ただ、一つだけお願いが」

「……なんだ」

俺は豚人の男の目をじっと見つめる。

「復讐《ふくしゅう》はやめてください」

「……」

「あなたの家族を奪った人間を恨む気持ちはわかります。その気持ちを、俺は否定しません。……だけど、それよりも、あなた自身が救われる未来を……道を選んでください。勝手なお願いですが」

豚人の男は俺を睨みつけるように見た後、視線を逸《そ》らした。

「……ほんとに、勝手だな」

「そうですね。でも、勝手でもなんでも、俺はそれが正しいと思うから」

「……ふん」

背を向ける男。

「……礼は言わない。お前は、人間だから」

そのまま路地の奥へと消えていく影を、俺は黙って見送った。

「アランさん、よかったんですか？」

コノリが心配そうな表情で、静かに問いかけてきた。

「何が？」

「あの人の言う通り、もしかしたら、アランさんが大変なことになるかもしれないんですよ？」

「さっきも言ったけど、それはあの人を信じるしかない、かな。でも、大丈夫だと俺は思ってる」

コノリはしばらく何かを考えていたが、やがて微笑みを浮かべた。

「……アランさんは、強いんですね」

「強い、のかな？　これは俺の、ただの自己満足でしかないよ。……それよりも、流民地区はもうすぐそこなんだろ？　先を急ごう」

「はい」

そうして、俺達は流民地区へとたどり着いた。

そこで目の当たりにした現実は、俺が今まで見たくないと願っていたもの。目を背《そむ》け続けてきたもの。

考えないようにと避け続けていた、この国の実態だった。

第三章

「さあさ、こちらですぞ！」

流民地区前に展開された陣の中を進む。

俺達を先導するのは少し陽気な中年の兵士で、ベンと名乗った。

陣の中へは、ジョルジェット様の手紙のお蔭で、すんなりと通してもらうことができた。

コノリは別の兵士が自宅まで送り届けてくれることになり、今はもう一緒にはいない。

別れるとき、コノリは随分とごねたが、流石に流民地区の中までは連れて行けないし。

ピリピリした空気の中、時折笑い声が響いていた。

周囲を見渡せば、武装した兵士が絶えず行きかっている。何か大きな箱を運んだり、隊列を組んで訓練していたりと様々だ。

そんな中、俺はあるものを見つけた。

無造作に詰まれた、いくつもの立方体。

立方体は太い鉄の棒で構築されている。何本もの鉄の棒が平行に、角では垂直に並んでいた。

小さなもの、大きなものとサイズはまちまちだが、中に入れたものを雨風から防ぐ道具では決してない。

入れたものを閉じ込めるもの、逃げられないようにするもの。

つまり、それは檻《おり》だった。

「……ベンさん。あれ、は？」

近づかなくてもわかる。檻からは、泣き声が聞こえてきている。

「ん？　ああ。ありゃ見ての通り、獣人のガキどもですなあ」

檻の中にいたのは、獣人の子供達だった。

ぼさぼさの頭。ぼろきれ同然の衣服。やせ細った体。どこかを見ているようで何も映していない瞳。

すべてが痛々しかった。

「それからあっち」

「あっち……？」

ベンさんが親指で指し示した先にあったのは、鉄でできた大きな柵《さく》だ。

門のような出入り口の両脇には兵士が立っていて、常に監視している。

「あれは、捕らえた獣人どもを隔離しておくための柵ですぞ。さすがに今回は大規模ですので、持ってきたあんな小さい檻なんかじゃ間に合わなくってねえ。急遽《きゅうきょ》街の一部を柵で囲って、奴らを閉じ込めておくことにしたんですわ」

「……ということは、あの中にも獣人達が？」

「ええ。ざっと二、三百匹くらいはいると思いますぞ」

「二、三百人も……ですか。その人達は皆、暴動に参加した人達なのですか？　あの子供達も？」

「あー、まあそういう奴もいれば、そうじゃない奴もいますわなあ」

「そうじゃない？」

「ほとんどは、普通にここで暮らしていた奴らですな。とりあえず、ここいらにいた獣人どもを、片っ端から捕らえて生かしてあるんでさ」

「……要するに、人質ですか？　こちら側に攻め込まれないように、という？」

「ええ、ええ。こうしておけば、奴らも馬鹿な真似はしてこないのですよ」

自分も何人か獣人を捕らえたと、ベンさんは得意げに語った。

「落ち着いたら、捕らえた獣人を奴隷としてもらえるかもしれないっていう話でね。私も頑張ろうと思っとるわけですよ。ハッハッハ！」

笑い声をあげる彼に、俺は苦い愛想笑いを返す。

「ところで、随分と慌ただしいようですけど、陣の兵士達は今何を？」

我ながらわざとらしい話題の切り替えだ。だが、これ以上は耐えられなかったのだから仕方がない。

ひとまず冷静になろうと別の話を切り出したものの、返ってきた言葉に、俺はさらなる衝撃を受けることになる。

「ああ、流民地区掃討作戦の準備ですな。今は睨み合いのような形になっていますがね。でも明日、一斉にこちらから攻勢に出るのですよ。あの箱に入っているのは火の術具でして、それで流民地区の建物を焼き払う作戦なんです。いやあ、腕がなりますなあ」

勇ましく笑いながら話すベンさんと、俺は目を合わせることができなかった。

流民地区を焼き払う。暴動を起こした人だけでなく、何の罪もない獣人も巻き添えにして、ということだろう。

このままでは、多くの犠牲が出てしまう。何とかしなければ……！

お気をつけて、というベンさんの言葉に見送られ、俺は流民地区に足を踏み入れた。

流民地区は、兵士と獣人との争いで、以前にも増して荒廃していた。

俺はフードを被って顔を隠し、腕に獣人の味方である印の布を巻きつける。

そうしていくつもの焼け跡を抜け、まだ住居が残る区画に入った。

かつてルプスと共にムーダンと会った場所は、前と同じ状態で建物が残っていた。

たとえ顔を隠していても、味方だという合図の布を腕に巻きつけていても、俺が人間なのはわかるのだろう。周囲から、突き刺すような敵意が感じられた。

それから逃げるように、建物の中へ。穴に入り、地下に降りていく。

地下の扉の先には、以前と変わらぬ様子でムーダンがいた。

「来てくれたか。息災なようで安心したよ」

「ムーダンも、無事で何よりだ」

短い挨拶を終え、席につく。

まず話したのは、互いの近況報告だった。

「——なるほど。では、パウーラは無事なんだな」

「ああ。危ない場面もあったけど、なんとか防衛できたよ。それで、ムーダン達の状況なんだが」

「おおよそは噂で聞いていると思う。あの陣の中を通ってきたのなら、なおさらな。……だがそうだな、事の始まりは——」

ムーダンの言った通り、確かに道すがら聞いた話と同じだった。

初めにドルムという男が何人かの獣人を引き連れて、シシリアム子爵の屋敷へと押し入った。

屋敷は奇襲にろくな抵抗もできないまま、ドルム達に占拠されてしまった。

奴隷解放計画はそこから狂いだし、本来は神光教会の教主来訪に合わせて行うはずだった脱出も、王都が混乱していることに乗じて決行。

パウーラから戻る途中に出会った、あのゴブリンから逃げていた子供達も、そのときに王都を抜け出したのだろう。

獣人達が逃げ延びた先には、それぞれ支援者がいるという。

それは父や俺のような人達なのかと聞いたが、どうやら違うらしい。

計画の支援者は、東西南北それぞれにいて、北のステッジ、南のシルケン、同じく南の国ニルウェ。さらには東の帝国、西のナグア諸島など。

もちろん、国内の貴族や商人もいる。というか、真っ先に襲われたというシシリアム子爵もそのうちの一人だったそうだ。

ムーダンは各国から提示された条件を伝え、事前に行きたい国を皆に選ばせた。

結果、最も多くの獣人が逃亡先に選んだのは、東のドゥルアーン帝国だったという。

「それでムーダン。俺を呼び出した理由は？　近く、この流民地区に軍が攻め込んでくる。火の術具でこの流民地区を焼き払うそうだ。早く逃げないと、まずいことになる」

「わかってる。軍がここを焼き払うことも、当然知ってるさ」

「なら、すぐに――」

身を乗り出す俺を、ムーダンが手で制す。

「俺達は、軍と戦うことにした。だから、その準備のための時間が欲しい。アンタには、時間稼ぎをお願いしたい」

「……戦、う？」

「そうだ。奴らに思い知らせてやるんだ。獣人の怒りってやつをな」

ムーダンの言っていることが、最初は理解できなかった。

――ムーダンは、何を言っている？　戦う？　ダオスタの軍と？

戦争をするってことか？　人と人が？

俺が、その手伝い？　時間を稼ぐって？

俺は、ここにいる人達を救うために来たはずだ。

「俺はムーダン達が逃げるのを手助けしたいと考えていても、戦いに協力しようだなんて思っちゃいない！」

「同じだよ。俺達にとってはな。アンタ、手伝ってくれないのか？」

「戦争の手伝いは御免《ごめん》だ」

そう、俺は人間と獣人の戦いに協力するつもりはない。ただ、獣人に脱出先で平穏に暮らして欲しいと思っているだけだ。

ムーダンを強く見据える俺に、彼はため息をついた後、静かに告げる。

「……そうか。だが、これを見ても同じことが言えるかな？」

ムーダンが指し示す先には扉があった。

まるで示し合わせたかのように、扉は開いていく。

そこにいたのは――。

「――コノリ!?」

「アランさん！」

さっき別れたコノリが、そこに立っていた。

彼女は、自宅に向かったはずだ。それも、ダオスタの兵士に付き添われて。

なのに、なぜ。

見たところ、怪我はしていない。

しかし彼女の手には、罪人のごとく縄がかけられていた。

「……どういうことだ」

「さて。どういうことかな」

睨みつけるが、ムーダンは涼しい態度を崩さない。

彼女がこの場に囚《とら》われている。導き出される答えは一つだけだった。

彼女は人質だ。俺を思い通りに動かすための。

「……彼女を、どうするつもりだ」

冷静さを失わないよう自分に言い聞かせながら、再度ムーダンに問う。

「何もしないさ。アンタが、俺の言うことを聞いてくれるならな」

ムーダンは俺とコノリの間に陣取り、これみよがしにナイフをちらつかせる。

コノリの背後からは、ムーダンの部下の獣人が弩《いしゆみ》で彼女を狙っていた。

今すぐに動けば、コノリを助けられるかもしれない。でも、無事に保護できるかといえば、その

可能性はかなり低いと言わざるを得なかった。

「……軍の、掃討作戦の開始を、引き延ばせばいいのか」

「話が早くて助かる。その通りだ」

引き延ばす。それだけならば、人間と獣人の戦争を決定づけることにはならない……と、思う。稼いだ時間で、衝突を回避する方法を考えることもできるはずだ。

「……わかった。なら、その役目は負う。だから彼女を解放してくれ」

「それはできない」

「……なんでだ！　俺がお前の言うことを聞けば、それでいいんだろう！　彼女を人質にとる必要なんて――」

「あるんだよ」

ムーダンはコノリに近づき、彼女の頬にナイフを当てる。

「ひっ！」

「っ⁉　やめろ、ムーダン！」

恐怖に顔を引きつらせるコノリを見て、俺に視線を向けるムーダン。

「この子がここにいれば、アンタは必死になる。掃討作戦を少しでも引き延ばそうと頭を使い、俺達が少しでも有利になるよう動くだろう？」

ムーダンは、静かに言った。

「それが、狙いだ」

その声色から、彼の思いを読み取ることはできなかった。

◆ルプス視点◆

主と別れ、ゴブリンに襲われている獣人達を救うべく草原を走る。案内役は二人の獣人の子供だ。

俺の肩に担がれている子供達は、少し興奮しているようだった。

「……まだか？」

「も、もう少しだと、思う！　多分、あの大きな丘の向こう側だよ！」

前方にある、なだらかな曲線を描く緑の丘が、その先の風景を隠している。

「あ、あの、その……重くないの!?」

「問題ない」

「あ……そう、なんですか？」

多少の重さは感じるが、それだけだった。走るのに支障はない。

戦闘となれば降ろすほかないが、水の精霊の力によって再び腕を得た俺にとって、子供二人の重さなどあってないようなものだ。

「あの丘の向こうだってよ、グイ」

「確かになんだか騒いでる声が聞こえるぞ」

後ろからついてくるのは、グイとタープ。全速力ともいえる俺の速度に難なくついてきている。流石だと言わざるを得ない。

二人は今、獣人の子供にその姿を変えている。これは主の指示でのことだった。

『あの子供達は、人間をひどく恐がってる。だからタープ、君とグイは幻術で獣人の姿になったほうがいいと思う。多分、助けに行く先の獣人達も同じように人間を嫌うだろうから』

思えば俺が命を助けられた精霊樹の森でも、主は初め樹西の民に随分と嫌厭《けんえん》の感情を持たれていた。

だが、主は民達のそんな態度を気にもせず……いや、気にしていたと思うが、詮方《せんかた》ないとして不快感など一切表さなかったという。

そして、獣人の……俺の命を懸命に助けたのだ。

俺はまさに命の火が消える寸前だった。

多くの血を失い、目の前が暗くなって、音も熱も失われていくのがわかった。

もはやそこに向かうほか道はない。引き返すことはできないと、俺は思っていた。

だがそんなとき、温かな光が与えられたのだ。ほかならぬ、主の手によって。

それから俺は、主に与えられた命を主のために使おうと決心した。

主はどこか、抜けているところがある。そしてお人よしだ。基本的に人を疑うということをしない。

いや、それはあの主達一家全員に言えることなのだが。

俺はあの樹西の村にいた、かつて人間に奴隷として使われていたという獣人達と違い、それまで人間と接したことはなかった。

主が、俺にとっての初めての人間だったのだ。

主について、ダオスタ、パウーラといった大きな都市に行き、そこで暮らす人間達、そしてそれ以外の種族の現状を目の当たりにした。

立派な建物の連なる綺麗な大通りを歩いているのは、人間だけだった。そこで獣人の姿を見ることはない。

街を歩けば、多くの注目が俺に集まってくる。突き刺さるような視線は、今までに感じたことのないものだった。

鋭いその視線の中に、憎しみに似たものをよく感じた。

共に歩いている主やグイ、タープがいなかったら、おそらく石でも投げられていただろう。そう思えるほど、街の住人の目は敵意に満ちていたのだ。

主とともに獣人が多く住むという、流民地区という場所にも赴いた。

そこは人間達が暮らす場所とは、何もかもが真逆だった。

卑屈な目をしている住民達は、そこを歩く主に憎しみの目を向けるか、それとも怯えて身を隠すか。そのどちらかでしかなかった。

ごみや瓦礫《がれき》の散乱する道。悪臭漂う狭い住処。花も緑もなく、風は澱《よど》んでいる。ここは本当に人の住む場所なのかと疑ってしまったほどだ。

そして俺は確信した。主のような人間はいない。主は、稀有《けう》な存在なのだと。

主は光の祝福という力を持っているが、それを言っているのではない。

自らの身を投げ打って人を助けようとする人間を、俺は主以外に見つけることができなかったのだ。

大きな都。人間の築いた都。

この子供達もまたそこに住んでいて、逃げてきたのだろうか。

あの、ムーダンという男の指示で？

しかし、あの男が描いていた計画では、獣人達の脱出は神光教会の教主があの壁の街に到着してからのはずだった。にもかかわらず、なぜ？

ムーダンは、油断ならない目をした男だった。

何か問題が起きたのか。そして主は大丈夫なのか。

……いや、今さら俺が気にしても詮ないことか。

「いた！　あそこだ！」

「よかった！　まだみんな、生きてる！」

考え事をしながら走っていると、いつの間にか丘を登りきっていた。肩の子供達が眼下に広がる状況を大きな声で伝えてくる。

見下ろす景色の先に、彼らはいた。

大きな荷馬車と、獣人達。

その周りにはゴブリン達が群がり、獣人達は完全に囲まれている。

ゴブリンの数は多く、獣人達の数の倍以上はいた。百を超えるだろうか。

獣人達は必死に抵抗しているが、数の差が圧倒的だ。守る戦いは、攻める戦いよりも困難を強いられる。幸いにも、まだ大きな被害はないようだが。

ゴブリンは女を攫《さら》おうとしては、追い払われている。一斉に襲い掛かる気はないらしい。

近づいては獣人に追い払われ、様子を見ては、また近寄る。

まるでからかっているようだが、ゴブリンはああやって獣人達が疲労するのを待っているのだ。

事実、ゴブリンを追い払う獣人達の動きは、疲れのためかひどく鈍《にぶ》いものになっている。

このままでは、時間の問題だろう。

だが、もう心配はない。

「ルプス、グイが一番だぞ！」

「じゃあ、僕が二番だね、ルプス」

グイとターブが俺の横をすり抜けて、ゴブリンに向かっていく。

グイは持っていた木の槌に固い岩を纏わせて巨大化し、ゴブリンに振るう。地面に向かって振り下ろされたそれは、敵を押しつぶし、大地を震わせた。

ターブが手を振れば、それと同時に風の刃がゴブリンを斬り裂く。目に見えない刃では、ゴブリンどもは切られたと自覚することもないだろう。

俺はゴブリンの包囲網を飛び越え、獣人達の中に着地した。そして肩の子供達を降ろし、グイ達に負けじと水の腕を振るう。

俺達の突然の参戦に戸惑ったのは、ゴブリンだけではない。助けなど来るはずもないと考えていたのだろう、獣人達もまた、俺達を見て驚いた顔をしていた。

グイの槌が大地に振り下ろされると、地面から岩の棘《とげ》が勢いよく生えた。棘によって、一度に十匹を超えるゴブリンが串刺しとなり果てる。

ターブはつむじ風でゴブリンを巻き上げ、自由のきかない中空で斬り刻む。

俺は、自在に大きさを変える新しい腕で、叩き潰す。

そうして戦い続け、ゴブリンの駆除が終わるまであまり時間はかからなかった。

数匹を逃がしてしまったが、特に被害もなくほぼ全てのゴブリンを倒し終えた。

まだゴブリンの残党が隠れていないか周りを見渡すと、あの子供達が妙齢の女性に抱きついているのが目に入った。あれが母親だろうか。

その猫人の女は、さっきまで男達に混じってゴブリンに武器を振るっていた、勇ましい女性だ。格好は戦士そのもの。レイナル領にいる猫人部隊のような軽装ではなく、鉄でできた重そうな鎧を着込んでいる。体格も普通の猫人と違い、大柄だ。

よく見れば、他にもその女と似た格好をした、戦士のような風体の獣人がちらほらいる。彼らは明らかに、奴隷といった身分の者達ではない。

少し離れた場所にいる、逃げ出してきたと思われる獣人達は一様《いちよう》に暗く卑屈そうな目をしているのに対し、戦士風の獣人達は違った。レイナル領の兵士達や、レイナル領から護衛を務めた男達と同じ雰囲気がするのだ。

多勢に無勢で後手に回っていたものの、そこそこの実力者なのだろう。

「ありがとう！　あのままではやられるところだった。まさか、ゴブリンがここまで多くいたとはな」

話しかけてきたのは、大柄な男の獣人だった。耳や体格からして、おそらくは熊人か。顔にはいくつも傷を残し、片耳が欠けている。

熊人の男が凄みを利かせるような獰猛《どうもう》な笑みを浮かべている後ろでは、何人かの戦士が警戒の眼差しで俺達の様子を窺っていた。

「俺はヘイグル。見ての通り熊人だ。シルケンの傭兵団『勇ましき牙の剣』の団長をやっている」

「……ルプスだ」

「グイだぞ」

「タープだよ」

名乗ったことで、多少彼らの警戒が薄れたのか。続いて、あの子供達を伴って大柄な猫人の女が話しかけてきた。

「センタとリフィが連れて来てくれたんだな。ありがとうよ」

「兄ちゃん、ありがとう！」

「ありがとうございました」

「礼には及ばない」

子供達の顔には笑みが浮かんでいる。

シルケンとは、このグラントラム王国の南に位置する国の名前。この者達は、そこの傭兵なのだという。

『勇ましき牙の剣』という名前には聞き覚えがないが、シルケンでは大きな傭兵団なのだろうか。

逃げて来たと思われる獣人とは別に、この場には十人ほど戦士風の装備をした獣人がいる。彼らは全て、同じ傭兵団に所属しているのか。

「それにしてもすごいな、その腕。あんな術は見たことがない。一体どうなってるんだ？」

「あんたは犬……いや、狼人か？　俺達獣人は身体強化術は得意でも、そういった術は苦手のはずなんだが、どうやったんだ？」

「……あれは、力を借りているだけだ。俺自身の術ではない」

「アンタの水だけじゃない、そこの子供達も、高度な術を使っていたように見えたが」

「おう、見たぞ！　そっちの槌を持った子は地面から棘を生やしていたし、もう一人は風を操っていた！」

「獣人で、しかもそんなちっこい奴らがあんな術を使うなんて、どうなってやがるんだ」

それから周りで様子を窺っていた連中も加わり、話題は俺達の強さへと移っていった。

俺は言葉を多く口にするのが苦手だ。

先の返しは、訳ありを匂わせてこちらに立ち入ってくるのを防ぐ意図もあったのだが、彼らには通じない。無遠慮に、ただ自らの興味を満たそうと踏み入ってくる。

いつまでも続くかと思われた、質問に次ぐ質問。

いい加減立ち去ろうと思った、そのときだった。

「さあ、皆、そろそろ出発するぞ！　ゴブリンどもはそいつらのおかげで追っ払えたが、まだここはグラントラム国内だ。道のりは遠い。準備を急げ！」

ヘイグルという男が号令を出すと、ようやく傭兵達は俺達から離れていった。

怪我人を馬車に乗せた後、武器を手に持ち、馬車の一団を囲むように各々の持ち場につく。

せめて彼らを見送ろうと、俺は手近な岩に腰掛けてその様子を眺めていた。

だが、それがいけなかった。

「なあ、あんた達、ちょっといいか？」

他の者が忙しそうに準備している中、ヘイグルが話しかけてきた。

「頼みがあるんだが……」

やはり、すぐに立ち去るべきだった。後悔するが、もう遅い。

「ここから先も、あんな群れが襲ってきたんじゃ、俺達では対処しきれない。できれば少しの間でいいから、護衛を頼まれてくれないか？　この先の、俺達の仲間との合流地点まででいい。頼む」

「いや、俺達は――」

断るつもりだった。だが――。

「いいよね、兄ちゃん！」

「私からも、お願いします！　グイちゃんもタープ君とも、もっとお話ししたいし！」

ヘイグルの大きな体の後ろから顔を出した子供達。

「いいぞ！　な、いいよな、ルプス！」

「ちょっとくらいなら、いいと思うよ。ねえ、ルプス」

さらにグイとタープがそんなことを言ったばかりに、話はどんどん進んでしまう。

「おお、本当か⁉　いやあ、心強い！　それじゃあ、よろしく頼む！」

この場を立ち去ることは簡単だ。俺は主のもとに急ぎたかった。

だが、彼らの戦力では、先のようにゴブリンの大群が攻めてきたらひとたまりもないことは明らか。

こんなとき、主なら――。

「……わかった。」

答えは簡単。主なら、困った者達を見捨てることはしないだろう。

俺の言葉に、ヘイグルは破顔する。

かくして俺達は暫くの間、ダオスタから逃げ出してきた獣人達、そしてシルケンの傭兵団と共に南を目指すことになったのだった。

†

ムーダンから、軍の獣人掃討作戦を止めてみせろと言われてから三日。

未だダオスタ軍による流民地区への作戦は実行されていない。

俺は必死で駆け回った。しかし軍の本部では門前払いされ、兵士達に訴えるも、「英雄の息子様なら、自分でなんとかできるだろ」と、鼻で笑われるばかり。

だが、それも当然の話だ。一時的に近衛騎士としての権限を得ていても、俺は軍の人間ではない。罪人を取り締まる程度ならともかく、軍自体を動かす力など、あるはずがないのだ。

結局俺にできたことといえば、ジョルジェット様への嘆願のみだった。

事情を――コノリが人質にとられていることを話すと、ジョルジェット様はすぐに動いてくれた。獣人掃討作戦を一時中止せよと、ジョルジェット様の名前で命令が発せられたのだ。

結果、情報はすぐに伝達され、軍は動きを止めた。

事態が一応の落ち着きを見せた後、俺はジョルジェット様の執務室にお邪魔していた。

「ありがとうございました。俺は何もできませんでしたが……おかげでコノリを助けられそうです」

俺自身は何も成していない。今回の件で、所詮《しょせん》ただの若造にすぎないのだということを痛感した。

「いや、それは違う」

「……え？」

一分の隙も見当たらないカッチリと着込まれた制服に、整えられた髪と髭。

大人としての落ち着いた佇《たたず》まいは、まさに紳士そのもの。

前回とまったく変わらない印象を与えるジョルジェット様は、ついこぼしてしまった俺の弱音を拾い、諭《さと》すように言った。

「アラン君。私は、君だから動いたのだよ。他の誰が頼み込んできても動かなかった」

「でもそれは、父とジョルジェット様が、友人同士だから……。俺は、そのコネを利用したにすぎません……」

「コネ？　確かにそれはあるかもしれない。だが、私はただ友人の息子だからという理由だけで動いたりはしないさ。友人の息子だとしても、その息子本人が無礼者だったら、私は二度目の面会は断っただろう。先日私のもとを訪れたとき、私自身が君のことを誠実な若者だと判断したのだ。それは決して君の父――ヤンのこととは関係ない。アラン君自身の人間性が好ましいものだったから、私は力を貸したのだ。こうやって他人の力を借り、自分は何もできなかったと反省しているのを見て、ますます君が誠実な人間だと思ったよ」

「……ジョルジェット様」

「それはアラン君自身がこれまで育《はぐく》んできた、君だけのものだ。それを恥などと思わないようにな」

「……はいっ！」

力強く真っ直ぐ俺を見つめる瞳と、かけられた言葉に、俺はどう応えればいいかわからなかった。俺自身が認められた。ただそのことに喜びを覚え、一言返事をするのが精一杯だったのだ。

ジョルジェット様は小さな笑みをこぼし、この話は終わりとばかりに椅子に深く体を預けた。

「それで、だ」

そして俺の隣に目を向けて、ため息混じりに続ける。

「……なんでお前はそこに座っているんだ？　娘よ」

それまでとは打って変わって、少々不機嫌そうな表情をするジョルジェット様。

そう、俺の隣に座っているのは、パウーラから駆けつけたフラン姉ちゃんだ。

確かに、フラン姉ちゃんが座る位置は、俺の隣ではなく、ジョルジェット様側が正しい気がするのだが。

「あら、お父様、私がアランの横に座っていて、何か問題がありまして？」

「……私が聞きたいのは、お前の座る位置についてではない」

ジョルジェット様は、別のことを問題視しているらしい。

どうにも剣呑《けんのん》とした二人の様子に、俺は口を閉ざして事態を見守る。

「どういうこと？」

「私の記憶が確かなら、藍華騎士団は今頃、教主様の護衛任務についているはずだが？」

「ええ。お父様の記憶は何も間違っていないわ」

そういえば、そうだ。あのあと、パウーラに神光教会の教主が来るといって、フラン姉ちゃん達は出迎えだか何かをしなくてはいけなかったはず。

流石にこんなにも早く、その役目が終わったとは思えない。

何せフラン姉ちゃんは、『精霊の乙女』の一人。教会も聖女として欲しがるほどの人材なのだから。……それ以上に欲しがられたのは、俺だったけど。

「ならなぜ、藍華騎士団団長のお前がここにいるのだ？」

「それは、仕事を他の者に任せてきたからよ」

「フランチェスカ！」

「なんですか？」

「此度《こたび》の教主様来訪は、国を挙げての一大行事。最高の敬意をもって、もてなさねばならんのだぞ！　そんな中で藍華騎士団の役割がいかに重要か、お前ならわかっているだろう！」

「ええ。知ってるわ」

「ならば！」

「なによ」

激昂するジョルジェット様と、毅然《きぜん》とした態度のフラン姉ちゃん。

睨み合う親子。

俺は固唾《かたず》を呑んで見守るしかなかった。

「……今一度問うぞ。ならなぜ、お前はここにいる？」

低く、静かな、しかし力のこもった声色で、ジョルジェット様はフラン姉ちゃんに問いかける。

俺もその問いの答えを聞きたかった。

彼女は何を思って、大事な仕事を放り投げてダオスタに戻ってきたのか。

「私は……大切なもののために、ここにいるの」

「職務より、名誉ある立場よりも大切なもの、だと？」

思いもよらない答えだ。一体、ダオスタにあるフラン姉ちゃんの大切なものって何だろう。

「ええ」

「……言ってみなさい」

フラン姉ちゃんは、ただ一言だけ告げる。

「アランのためよ」

彼女が一瞬何を言っているのかわからなかった。

俺の……ため？

「アラン君のため？　どういうことだ、説明しろ、フラン！」

「そんなに睨まなくても説明するわよ」

彼女は姿勢を正し、俺を見やる。

「私はアランに救われました。だから、今度は私がアランの力になろうと……いえ、なりたいと思い、こうして駆けつけたのです、お父様」

「救われた？　お前が、アラン君に？」

「ええ。私の心は長い間、毒に侵されていました。それを――」

フラン姉ちゃんは、自分の体験を包み隠さず父親に説明した。

自分の経験した恐怖を、絶望を。そして救いを。

ジョルジェット様は黙ってそれに耳を傾けている。

「――お父様は昔、私にこう言いましたよね？　恩を受けたら、決して忘れるな。そして必ず恩を返せ、と。私はアランに心を救われました。暗く、暗雲の満ちる暗闇から、光のある場所に。だから私は、彼に恩を返すためにここにいます。アランが大変な思いをしているなら、手助けをしたいのです」

フラン姉ちゃんの口上が終わっても、暫くの間、ジョルジェット様は目を瞑《つむ》り、黙ったままだった。

深く息を吸い、吐き出す。それから彼は口を開いた。

「……わかった。お前は、自身の信念に従っているのだな」

「はい。その通りです、お父様」

はっきりとした口調で返すフラン姉ちゃんに、ジョルジェット様は深く頷く。

俺が初めて面会したとき、ジョルジェット様はフラン姉ちゃんに異変があり、それを俺が解決したことに気づいていた。

フラン姉ちゃん本人から話を聞いて、改めて納得がいったのだろう。

「思えば……お前とこうして会話する機会など、ここ数年はなかったな。その間、お前はずっと苦しんでいたのか……。アラン君、改めて礼を言う。ありがとう、君のお蔭で娘は救われた。この恩、この身をもって返そう」

「い、いえ、そんな。俺は当然のことをしたまでで、恩を感じられるようなことでは！」

頭を深く下げるジョルジェット様に、慌てて言葉を返す。

俺の慌てる様子を見て、ジョルジェット様は笑みを浮かべた。

「ヤンならば、一生恩に着ろよ、とか、そんなことを言うんだがな。親子といえど、こうまで違うものか」

確かに父なら言いそうだなと思い、俺も笑みを返した。

それにしても、疑問が残る。フラン姉ちゃんは俺が大変な思いをしていると言っていたが、誰から聞いたのだろう？

雰囲気からして、ジョルジェット様が伝えたわけでもなさそうだ。

それにパウーラからここまで、馬を走らせてもかなりの時間がかかる。

この数日のことを、一体どんな手段で？

「でも、アランったら薄情なのよ。お父様」

「ん？　どういうことだ？」

俺の疑問を余所《よそ》に、話はあらぬ方向に進んでいく。

「だって、パウーラのゴブリン討伐は本当に大変で一緒に頑張ったっていうのに、その後のことは私に任せて、自分はさっさとダオスタに向かってしまうんだもの。あのあと、私は教主様を迎える式典の準備で忙しかったっていうのに」

「ふむ……それはいかんなあ、アラン君。注目を浴びて大変な思いをしているご婦人を支えるのも、紳士としての役割だぞ」

「ええっ⁉　そ、それは……」

さっきまでの厳しい表情とは一変、二人の顔には笑みが浮かんでいた。

それを見て、二人の言っていることが冗談なのだと、ようやく悟る俺なのであった。

†

「それで、人質にとられた子は今大丈夫なの？　確か、コノリとかいう平民の子でしょう？」

「うん。一応今日も様子を見てきたから、大丈夫だと思う。手荒なことはされていないみたいだ。向こうもむやみに事を荒立てる気はないようだから」

「そう。それなら良かったけど」

今日もコノリは、檻越しに笑みを浮かべていた。

檻の中にはベッドがあり、明かりも食べ物も用意されていた。コノリ曰く「意外と快適です」とのことだが、多分俺に気を遣っているのだろう。

彼女が無理をしていることなんて、百も承知している。俺にできることといえば、ムーダンに金を渡し、彼女の待遇を良くしてもらうよう頼むことだけだった。

彼女の母親のカトカさんには、頭を下げに出向いた。

しかし、「……あの子がご迷惑をおかけして、申し訳ありません」と、逆に謝られてしまった始末。

俺がコノリを強引に振り切って案内を断っていたら、彼女はこんな危険な目に遭わずにすんだのに――そんな後悔ばかりが浮かんでくる。

「それはそうとアラン、どこに向かってるの？　もうダオスタからかなり離れてるけど」

「『それはそうと』じゃなくて。フラン姉ちゃん、さっきから言ってるけど、危険だから帰ってくれってば。もうすぐ日が暮れるんだよ」

「大丈夫よ。私はアランを助けるって決めたの。だから黙って助けられなさい」

「んな無茶な……」

俺はダオスタを出発して、北へ向かっていた。

隣には、白馬に跨《また》がるフラン姉ちゃん。彼女は鎧姿ではなく、藍色の騎士服だった。足にぴったりと張り付くようなズボンと、比較的ゆったりめなロング丈のジャケット。どこか女性らしさを感じさせるデザインで、フラン姉ちゃんによく似合っている。

馬に乗ってすでに半日以上が経ち、日も傾き始めていた。

ダオスタを出る前から、彼女には家に帰るよう言っていたのだが、聞き入れてはくれなかった。

「私は帰らないわよ、アラン。だから観念して、どこに向かっているのか、何をしようとしているのか、教えなさい」

「はあ……」

強引なフラン姉ちゃんをこれ以上説得するのは無理そうだ。

これから時間をかけて説得できたとしても、フラン姉ちゃんがダオスタに着く前に日が暮れてしまうだろう。

いくらダオスタの近郊とはいえ、この辺には時折ゴブリンなどの亜人や、凶暴な獣も出る。女性を一人で帰らせることはできない。

俺は諦めて、行き先と目的を告げることにした。

「北の墓地を目指してるんだよ」

「北の墓地？　って、シガンシン墓地のこと？　あの、古代王朝の遺跡とかいう？」

「うん。そこにうちの父が向かったっていう情報があったんだ」

「じゃあ、目的はアランのお父様を見つけることなのね」

「そういうこと。父がいれば、軍ももっと抑えられるだろうって、ジョルジェット様が言ってたんだ。それに、父なら今の状況の打開策も、何か浮かぶかもしれない」

「なるほどね。確かに英雄であるヤン様の影響力は大きいわ。それにしても……そう、シガンシン墓地、ね」

そう呟いて、フラン姉ちゃんは何か考え込んでいた。

「フラン姉ちゃん？」

「あのね、グレタのことはわかるわよね？」

「え？　あ、うん。それはもちろん」

グレタ・ケイシール。フラン姉ちゃんに薬を盛って、自分の意のままに操ろうとした女だ。

最後に見たのは、あのパウーラでの戦いが終わった直後のことだった。

まるで夜叉《やしゃ》のように怒りで顔が歪んでしまっていた。

そのときに感じたのは……そう、邪神の力。

悪事の全てが露見し、グレタは姿を消した。

俺と同じく一足先に王都に戻ったのかと思いきや、結局その後の足取りはまったく掴めていなかった。

最後のあの姿――禍々《まがまが》しい彼女の姿を、フラン姉ちゃんは知らない。

「……グレタと思《おぼ》しき女性が、こっちに向かったたっていう目撃情報があるのよ。だから……」

「グレタも、シガンシンに？」

「……うん。これはもう、意地でもついて行くしかないわね」

「えええ……？」

「もう、そんな声出さないの！　ここまで来たんだから、覚悟を決めなさいよ。それともなに？そんなに私と一緒にいるのが嫌なわけ？」

「いや、そうじゃなくて、フラン姉ちゃんが心配なんだよ」

「うぇっ⁉　……ちょっと、変な声出ちゃったじゃない。突然アランが妙なことを言うから！」

「ご、ごめん」

別に妙なことは言っていないが、反論しても逆効果なので素直に謝っておく。

「もう、さっさと先を急ぐわよ！」

「あっ！　ちょっと待ってよ、フラン姉ちゃん」

馬の速度を上げたフラン姉ちゃんを慌てて追いかける。

ジョルジェット様の話によれば、父は確かめたいことがあると言っていたそうだ。

父と、邪神の力を感じたグレタ。二人に共通点はない。

シガンシン墓地に、一体何があるというのか。

第四章

日は遠くの山々の間に身を隠し、夜の帳《とばり》が下りようとしている。

暗くなった緑の絨毯から聞こえてくるのは、少し気の早い秋の虫の鳴き声。

俺達を迎えたのは、首を失った戦士達の像だった。

かつては勇壮だったであろうその姿は長い年月によって風化し、今にも崩れそうになっている。

シガンシン墓地。

そこは静寂の支配する、墓石の森だった。

周囲には静けさばかりがあり、響くのは俺達の足音と、時折吹く風の音だけ。

光の術具で前を照らしながら進むが、大小様々な形の墓石の影が揺らめき、その暗がりに何かがいるような気がしてならなかった。

「うぅっ……。夜に来ると、なんだか雰囲気あるわね」

「そ、そうだね。フラン姉ちゃんは、ここに来たことあるの？」

「ええ、何年か前の騎士団の訓練でね。ここって障害物が多いでしょう。訓練に使うには、いい場所だったのよ」

「そうなんだ」

いくら昼間とはいえ、こんなところで訓練なんてなかなか度胸があるんだな、藍華騎士団って。

なんだかバチが当たりそうだけど、まあ、ここのお墓は今のグラントラムよりも随分と前の時代のものらしいし、縁もゆかりもない現代人からすれば単なる遺跡だから、あまり気にならないのだろう。

会話が途切れ、静けさに包まれる。

そのまま歩き続けると、ふと、マントが引っ張られるのを感じた。

なんだろうと思い振り向けば、そこには俺のマントの裾《すそ》を握り締め、青い顔をしたフラン姉ちゃんが。

恐いのだろう。会話を途切れさせるのはよくないようだ。

話題を……と考えて、俺は思いついたことを口にした。できるだけ明るい口調で。

「そうそう、フラン姉ちゃん。なんで俺が大変な思いをしてるってわかったのさ？　ジョルジェット様にもコノリの名前までは話していないのに知っていたし、パウーラに情報が届くまでの時間があまりに短いと思うんだけど」

すこしだけ体を震わせたフラン姉ちゃん。話しかけたことで、逆に驚かせてしまったのだろうか。

だけど、すぐに持ち直した。俺のマントの裾を放した彼女は、いつものフラン姉ちゃんだった。

「この子が教えてくれたの」

フラン姉ちゃんが手の平を上に向けると、そこに小さな火が灯る。

火の法術だろうか？　そう思ったが、それは間違いだった。

手の平の火は少しずつ大きくなり、手のようなものと、足のようなものが生えた。

赤く揺らめく火の小人。それがフラン姉ちゃんの手の平の上で舞い踊っている。

「これ……もしかして」

「そう、火の精霊よ。私、火の精霊と契約できたの」

「ええ!?」

「ふふーん。すごいでしょう？　まあ、アランのおかげでもあるんだけど」

パウーラで大精霊ともいえる精霊を行使したことによる影響か、フラン姉ちゃんには火の精霊の姿が見えるようになったらしい。

フラン姉ちゃんは初め、なんだろうと見ているだけだったが、ユラユラと火の周りを楽しそうに飛んでいる精霊を見て、思い切って話しかけたところ、いつの間にか気に入られて契約してしまっていたとのこと。

そして、フラン姉ちゃんに俺の近況を伝えたのが、この火の精霊。

ちなみにこの火の精霊はあまり霊格が高くないので、声はフラン姉ちゃんにしか聞こえない。精霊術を体得している人——たとえばティーリさんなど——なら意思を読み取ることもできるだろう

が、普通の人には難しいらしい。

この火の精霊が、所謂《いわゆる》精霊のネットワークで俺の様子を知り、フラン姉ちゃんに伝えたというわけだ。

「この子、とっても便利なの。だから、アランが市場で可愛い女の子と楽しんでいたことも、みんな知ってるのよ。……ねえ、アラン？」

「……うん？」

フラン姉ちゃんの顔が、火に照らされて揺らめいている。

心なしか、寒気を感じる。今日は気温が低いというわけでもないのに。

フラン姉ちゃんは笑みを浮かべた。

「仮とはいえ、婚約者になった私を差し置いて他の子と楽しそうにするなんて、一体どういうつもりなのかしら……？」

戦慄《せんりつ》を覚えるような、恐ろしい笑顔。

なんだかよくわからないが、謝らなければ危険な気がする。

必死で謝ると、フラン姉ちゃんはなんとか機嫌を直してくれた。今度、フラン姉ちゃんと街に遊びに行くという約束を結ばされてしまったが……。

そうこうしているうちに、遺跡の入り口へとたどり着いた。

「……ねえ、本当に、ここに入るの？」

「うん。一応この辺り一帯を術で探ってみたけど、父も、グレタと思しき女性もいないみたいだ。いるとしたら、この中だと思う」

墓地の一番奥にある、山の裾に大きく口を開けている地下への入り口。

グラントラムという国ができるより遥か昔、かつてこの地で栄え、今は途絶えた古い王家の墓だ。

この小高い山自体が、王を埋葬するために作られた人工の山だと唱える学者もいるらしい。

滅多に人が立ち寄ることはないから、ゴブリンや獣にとっては格好の隠れ家になるように思える。

しかし不思議と彼らが、ここを巣にすることはない。

別に術が施されているわけでもないのに、なぜか生ある者達は、ここを避ける。それ故に、術以外の何か不思議な力が働いているのではないかと、昔から畏れられているのだそうだ。

ここで待っているかと聞くと、フラン姉ちゃんは首を横に振った。

まあ、そうだよな。こんなところに一人ってのも怖いだろう。

「……じゃあ、いくよ」

「え、ええ。いいわ」

厳しい顔の兵士の像が守る門を抜けて、中に。

冷たい空気が肌を撫で、俺とフラン姉ちゃんは同時に身を震わせた。

ここに父がいるという話だが、父は何を確かめようとしたのか。

グレタもそうだ。ここに向かったというのなら、グレタは何が目的で……？

そんな疑問が湧くが、当然、暗闇は何も答えてはくれなかった。

†

墓の中は広く、奥へ奥へと続いていた。

奥に行くほど通路は広くなり、下るたびに天井は高くなった。

すえたカビと埃《ほこり》の匂い。立派な石の柱が何本も立ち並ぶ広間を、壁に施された今にも動き出しそうな彫刻を眺めながら進んだ。

「……奥まで来たのは初めてだけど、こんなに広かったのね」

「うん……これはすごい」

中に足を踏み入れて、すでに一時間以上は経っていた。

いくつもの通路や広間を抜けたが、まだ先は続いている。

目に入ってくるのは、いつ誰が造ったのかもわからない見事な彫刻や像の数々。

「それにしても本当に、生き物が全然いないのね」

フラン姉ちゃんの言う通り、生物の気配がしない。

それは本当に不思議だった。見かけるのは小さな虫だけで、鼠《ねずみ》のような小動物の姿さえもない。

これほどの広大な空間なら、何かが棲みついていてもおかしくないのに。

「ヤン様も、見つからないわね」

「グレタも、見つからないね」

目当ての人物の姿は、一向に見つからなかった。

「……それに」

「……そうね」

俺は後ろを振り向き、暗闇を見つめる。

フラン姉ちゃんも気がついていた。

王都からここまで、俺達を追う存在がいることを。

グレタではない。ましてや父でもないだろう。

考えられるのは、ムーダンから俺に差し向けられた、監視役か何か。

これだけ生き物の気配のない空間で、その存在を消しきることはできない。

おそらく、直接何かをしてくることはないだろうが……。


広場に出た。

そこは今までとは趣が異なり、床には棺が整然と並べられていた。

綺麗な形を保っているものもあれば、崩れてしまっているものもあり、状態はまちまち。

壁には窪《くぼ》みがいくつもあって、そこには埃を被った、布に包《くる》まれた何かが詰め込まれていた。

一つ一つは、成人男性ほどの大きさだ。その数は軽く数えただけでも、百以上。

それが何かなのかは、考えなくてもわかる。

「ね、ねえ、アラン。あれって……」

フラン姉ちゃんが、壁の窪みから見えるモノを指差す。

そこにあったのは、頭だけが露出したミイラ。おそらく何らかの原因で、布がほどけたか、破れたか。つまり、壁のくぼみに詰められた布で包まれたものとは、干からびた人の遺体であった。

この広場は、遺体の安置場ということだろう。この光景を見るまで、ここが墓地だということをすっかり忘れてしまっていたが。

「これ全部、そうみたいだね」

足元から天井まで、壁一面にミイラが安置されている。棺の中にも遺体はあるに違いない。

「ね、ねえ、早く先に行きましょう。ここにはあまり長くいたくないわ」

確かに、今はこの人達の過去に思いを馳《は》せている時間はない。

俺達を取り囲む彼らに心の中で断りを入れて、さっさと父を探そう、先に進もう。

そう思った矢先のことだった。

俺は立ち止まり、フラン姉ちゃんの腕を引く。

「アラン、急にどうしたの？」

「しっ！　……何か、聞こえる」

「え？」

聞こえてきたのだ。

何かを破るような音。何かを引きずるような音。そして、振動も。

「な、何？」

「わからない」

音は増えていく。何の音かなんて、考えたくなかった。

俺は探知の術を発動させていた。

探知の術を使えば、周囲の大まかな地形、そしてある程度の大きさの生き物が、どこにいるかを把握することができる。

だから、この音の正体が何なのかわかってしまった。

生き物の反応ではなく、物が動いている。まるでロボットのように。

それは棺の蓋《ふた》を自ら押し上げ、姿を現した。

「……ひっ」

「っ！」

フラン姉ちゃんが目を見開く。

それもそのはず。棺の中から起き上がったものは、がらんどうの窪みに赤い光を灯した、死者の兵隊だったのだから。

朽ちかけた革の兜に鎧。折れ曲がった槍を持ち、言葉もなくただこちらに顔を向ける骨の兵は、石突きを床に強く打ちつけ、音を鳴らす。何度も何度も。

それがきっかけだった。地響きのような音がして石の棺が開き、布の引きちぎれる音がして、ミイラが繭《まゆ》を破る。

俺は、即座に槍を突き出すスケルトンに肉薄する。

難なく槍をかわし、カウンターで剣を下段から斬り上げ、スケルトンの首を中空へと飛ばした。

勢いよく飛んだ首は、ガシャンという音を立てて床に落ち、粉々に砕けた。

だが、それくらいでスケルトンやミイラ達が怯《ひる》むことはない。

すでに俺達は囲まれている。

冷静に辺りを見渡し、突破口を開こうとして剣を構えた。

「ひ、ひぎゃあああああ！」

突然、悲鳴が聞こえた。

隣を見るが、震えながら剣を構えているフラン姉ちゃんのものではない。

では、誰の？

そう考え、思い当たる。

そうだった。ここにはもう一人、命ある存在がいたのだ。

「な、なんだよ、これ⁉　こんなの聞いてない！　うわ、来るな！　こっちに来るな‼」

声の高さからして女だと思う。俺達の後をつけていた件の人物は、小柄だった。

彼女は俺達と同じように、スケルトンに取り囲まれてしまっている。

短剣をスケルトンに向けているが、おそらく然程《さほど》武術の心得がないのだろう、相手の武器を弾くので精いっぱいという感じだ。

「アランっ！　どんどん増えてるわよ⁉」

「わかってる！　でもあの人を助けないと！」

ぼろぼろと壁から零れ落ちてくるミイラ。

緩慢な動きで棺から這い出てくる、武装した動く人骨。

次から次へと現れて、数が多すぎる。すぐにどうにかしないと、脱出は難しくなる一方だろう。

俺は剣でミイラをなぎ払いながら、悲鳴をあげている人物のもとへ急ぐ。

そうしてどうにかたどり着き、彼女に向かって剣を振り下ろそうとしていたスケルトンを、頭から叩き割った。

「早くこっちへ！」

「……え⁉　ああ‼」

手を差し出す。

一瞬呆けたような声を出した黒ずくめの襤褸《ぼろ》を着た人物は、俺を見上げると、すぐにその手を取った。

――奥へ奥へ、暗闇の迷宮の中をひた走る。

ヒタヒタ、カツカツと背後から聞こえてくる足音は、一向に減らない。

振り向けば、言葉を発することなく、ただこちらを目指す眼孔《がんこう》だけが見える。

黒ずくめの彼女は、俺の手を握り必死に走っている。

通路の曲がり角に潜むミイラを蹴り飛ばし、それを飛び越えて、その先へ。

――着地した瞬間、床を踏み抜いた。

おそらくそこだけ脆《もろ》くなっていたのだろう。

床は丈夫なもの、というのが俺の中での常識だが、ここでは必ずしもそうではなかった。

亀裂が走って床が崩れ、体が落ちていく。掴むものは何もなく、ただ下へ向かうのみだ。

「うわあああああああああああ！」

「きゃあああああああああああ！」

「ひぎゃあああああああああああ！」

俺達は悲鳴をあげながら、ぽっかりと口を開けた穴に呑み込まれていく。

落ちながらも、俺は全身に強化術を施し、体の耐久力を上げた。

落下している間に気絶してしまったフラン姉ちゃんと、黒ずくめの彼女を必死で抱きしめ、自分が下になるよう体勢を整えた。

露出している岩肌を掴もうとするが、手は虚空を掴むばかり。

どれくらい落ちたのかはわからない。

やがて俺は全身に衝撃を受け、意識が闇に溶け込むのだった。


「……う……ん……」

「お、気がついたか」

気を失って、どれくらい経ったのだろうか。

聞こえてきた声によって、意識が少しずつ覚醒していく。

「おーい、大丈夫か？」

ひどく懐かしく、安心する低い声。

ゆっくりと目を開ければ、ぼやけた視界に小さな灯火が見えた。

「……誰、だ……？」

鈍い思考の中、声を絞り出す。

俺の問いに対する答えは、簡潔だった。

「俺だよ、俺。ヤンだ。お前の父親だよ」

「……父さん……？」

「おう」

ヤン……俺の父親……。

意味を理解するのに、時間はかからなかった。

探していた人物が、俺に語りかけていたのだから。


「すごい……」

「これ全部、おじ様が？」

「おうよ」

意識を取り戻した黒ずくめの女とフラン姉ちゃんが驚きの声をもらし、それに父が得意げに答える。

「まじか……英雄、パねえな」

目の前に広がる光景に、俺も息を呑む。

今はフラン姉ちゃんの火の精霊が辺りを照らし、周囲がよく見えるようになっている。

父に呼びかけられて目を覚ましたのは、大きなホールのような場所だった。

古びた石の壁、アーチ状の天井。四方には、崩れかけの扉と通路がある。周囲は階段状になっていて、コロシアムの客席みたいな造りになっている。

だが、俺達が目を奪われているのは、そんなホールの構造なんかではない。

床一面に散らばる、白い物体。積み重なって、足の踏み場もないくらいに散乱していた。

「全部で何体くらい、いるのかしら……」

「さあ……。でも少なくとも、俺達を追いかけていた奴らより多いと思う……」

それは、人骨と干からびたミイラだった。

おそらくは、俺達を追っていたものと同じく、敵意と朽ちかけの武器を向けてきたもの。

それが瓦礫のごとく、あたり一面に広がっていたのだ。

「あんまり手ごたえのない連中だったがな。なあ、アラン。こいつらもあれか？　邪神とやらの力で蘇《よみがえ》った魔物なのか？」

「多分、ね」

かつて精霊樹で出くわした、あの骨の獣達と同じだ。

邪神に、死者を操る力、人を狂わす力があることは、俺自身の目で確認できている。

だが、邪神というものが一体どういう存在なのかは一切わかっていない。

「その邪神が、私に取り憑いていたのよね」

「そうだね……グレタの薬の影響も、もちろんあったと思う。あの剣闘大会で暴走したテスタムだって同じだ」

「その邪神ってやつが、そもそもの原因てわけか」

父は表情を険《けわ》しくし、顎《あご》に手を当てる。

「……邪神？　邪神ってなんだよ？」

「というか、そもそもお前は何者なんだよ」

黒ずくめの人物がさりげなく話に加わってきたところで、すかさず父の鋭い突っ込みが入った。

ここまで誰も口にしなかった疑問だ。まあ、大体予想はつくのだが。

「俺？　俺は、その……」

口ごもる彼女……彼？　に、今度は俺が突っ込みを入れる。

「どうせムーダンからの監視役、だろ？」

「なんだよ、もうばれてたのか。そうだよ、その通りだ。俺はこいつを監視していたんだ。裏切らないかどうかってな。……まさかこんなところに来て、あんな化け物どもに襲われるなんて思ってもみなかったけどよ」

黒ずくめの人物は、あっさりと肯定した。案の定、ムーダンから俺を見張れと言われていたようだ。

「それで、あなた名前は？　男なの？　それとも女なの？」

「俺の名前はスサナ。もちろん女だぜ！」

「だぜって、あなた……その口調、男性のものじゃない」

「これは俺の癖《くせ》ってやつだ」

癖なら今さらどうにもできないのかもしれないが、ややこしいな。

俺は紛らわしいと思っただけだったが、フラン姉ちゃんはスサナに注意する。

「女の子なら、女の子らしくしないと」

「あー、いいんだよ、俺はこんなんで。それよりも、邪神ってなんなんだよ。そいつが、あの化け物の名前か？」

「いや、スケルトン達は単に操られているだけだよ。邪神は、あいつらの親玉の名前だ」

俺が答えると、スサナは目を見開く。

「親玉？　まじか……あれよりも、もっとやばいのがいるのかよ。どこにいるんだ、そいつ」

「わからない。というか、神には違いないから、きっとどこにでも行けるんじゃないか？　多分」

俺に聞かれても困るし、居場所がわかるなら教えてほしいくらいだ。

「なんだよ、わからないのか。そっちの二人も知らないのかよ」

「え？　うーん……」

「そうだなあ……」

フラン姉ちゃんと父は、少しの間、首を捻《ひね》ったり顎に手を当てたりして考えていた。

やがて何かに気がついたのか、同時にパッと顔をあげる。

「わかったわ」

「わかったぜ」

「お、まじか」

スサナと同じく俺も驚き、つい尋ねてしまう。

「もしかして、邪神がどこにいるのか、二人はわかったの？」

「そんなもの、わかるわけないじゃない」

「んなもん、わからねえ」

その言葉を聞き、ずっこける。速攻で否定されてしまった。

「じゃあ、何がわかったんだよ」

呆れつつ問いかけると、フラン姉ちゃんは胸を張って答える。

「要するに、邪神は敵なんだってことよ。私をおかしくさせて、グレタを……。そして今は、死者を操って私達を攻撃してる。もう私、恐くないわよ！　邪神だかなんだか知らないけど、私とこの火の精霊で、やっつけてやるんだから！」

「フランちゃんの言う通りだ。なんだかわからんが、邪神てやつが元凶なんだろ？　なら、倒すまでってことだ」

そう強く言い切る二人は、とても頼もしく見えた。

父はいつもの通りだけど……そういえば幼い頃フラン姉ちゃんは、こんな口調でラスに挑んでは軽くあしらわれていたっけ。

「あっ！　何笑ってるのよ！」

フラン姉ちゃんが頬を膨らませて、俺を睨みつける。そんな仕草もまた、昔のままだ。

「……ぷっ！　な、なんでもない……くくく」

「ちょ、ちょっと！　何でもないわけないでしょ!?　何よ、馬鹿にしてるの!?　アランのくせに、生意気よ！」

暗闇の中、敵ばかりの場所で帰り道もわからない。そんな状況だというのに、それも忘れて俺とフラン姉ちゃんは幼い頃のように、他愛もないやりとりをしていた。

「……コホン。仲がいいところ悪いんだけどよ」

そんな中、父が咳払いを一つ。

「あー……。さて、これからどうするかだが」

気まずげな父に、顔を赤くする俺。スサナが心なしか俺を睨んでいる気がする。

そっぽを向いているフラン姉ちゃんの表情はわからないが、多分俺と同じことになっているだろう。

「いたっ」

振り向きざまにフラン姉ちゃんに頭を叩かれ、俺の頭にはたんこぶが一つできた。

仕切り直しとばかりに、フラン姉ちゃんが切り出す。

「戻った場合、あのお化けみたいなのがいるわけでしょ？　もうこうなったら、先に進むしかないんじゃない？」

「そもそも俺達は落ちてここに来てしまったわけで、帰り道がわからない。父様に任せるよ」

「俺は、お前の監視役だからな。ついていくしかない」

俺達三人の意見を聞いた父は、頭を掻きながら言う。

「それもそうか。まあ、俺の目的もまだ達成できていないしな。……お前、スサナだっけか。ムーダンとこの遺跡について、何か知らないか？」

ムーダンもこの遺跡に関係があるのだろうか。まぁ、確かにスサナだったらムーダンのことに詳しいはず。諜報のようなことをしているのだし、情報を持っていてもおかしくない。

「ムーダンとこの遺跡？　……悪いけど、俺はなんも知らねえよ。ここに来たのも初めてだし。……あっ、そういえば、ムーダンにこいつを渡されたっけ」

スサナは何も知らないようだ。いや、隠しているだけかもしれない。けれど、それを確かめる術《すべ》はない。

代わりに彼女が取り出したのは、黒い宝玉だった。

「へー……。なんだか綺麗ね。まるで星空みたい」

「そうなんだよ、綺麗なんだよ！」

「でも、これ何だ？　ムーダンの奴、なんでこんなもんをお前に渡したんだ？」

「さあね。わからないけど、ムーダンはお守りだって言ってたんだぜ。へへへ、ムーダンが俺のことを大事に思っているってことかな」

上ずった声や、この体をくねらせる仕草からすると、スサナは照れているのだろう。だが、残念ながら襤褸布で全身を隠しているため、実際のところはよくわからなかった。

「……まあ、ムーダンがスサナをどう思ってるかはわからないけど、とりあえず何も情報がないことはわかったよ」

「……そうね」

「……そうだな」

ため息混じりの俺の言葉に、フラン姉ちゃんも父も同意した。

「ところで、英雄のおっさんの目的って、なんなんだよ？」

「お、おっさん？」

スサナの言葉にショックを受けた父だったが、すぐに気を取り直して、この場所に来た理由を説明し始めた。

「ムーダンが、この遺跡から何かを運び出したらしくてな。それが何なのか確かめるために、手がかりを探しに来たんだ」

ムーダンが運び出した物は何なのか、どんな目的があったのか、父はそれを探っていたらしい。

俺達よりも先にこの遺跡に入った父は、中を走り回り、ほとんどの場所を調査していた。倒れている俺達を見つけたのは、まさに偶然だったという。

それにしても、遺跡の調査のことを話す父は楽しそうで……その光景が目に浮かぶ。

レイナル領では領主自ら危険な場所になんて行かないようにと、執事のジュリオをはじめとしていろんな人達からうるさく言われて、我慢していたみたいだからなあ……。

自由に動き回れる俺は、随分と羨ましがられたっけ。

ともかく、これからの方針は決まった。

父が言うには、いかにも何かありそうな扉を見つけたものの、開け方がわからないらしい。

さっきフラン姉ちゃんが言った通り、戻ればあの骸骨やミイラが大量に待ち構えているだろう。

父がいれば切り抜けられると思うが、あそこに戻るよりも奥へ進み、父の言う扉を目指したほうが良さそうだ。もしかしたら、途中で別の脱出口が見つかるかもしれないし。


少しの休憩を挟み、俺達は進んだ。

途中、行き止まりに当たったり、落とし穴のような罠に引っかかったりしながらも、父の言う扉を目指す。

「このっ！　さっきはよくも驚かせてくれたわね！」

何度か、あのミイラやスケルトンに襲われたりもした。

だけど、いつの間に吹っ切れたのか。フラン姉ちゃんはもう怯むことはなかった。

「燃やしなさい！」

フラン姉ちゃんが手を振ると、それにあわせて炎が巻き上がり、ミイラを包んで焼き尽くす。

ミイラはよく乾燥しているからか、大きな炎を上げて焼かれていった。

「どんなに来ても、無駄よ！」

続けて別の方向から来たミイラとスケルトン、あわせて五体が灰になっていく。フラン姉ちゃんの精霊術は絶好調だ。

「アラン、そっち行ったわよ！」

「了解！」

炎を免《まぬが》れ、こちらに向かってきたミイラを一太刀で斬り伏せる。

フラン姉ちゃんが燃やし、俺がフォローする。この連携はうまく機能し、俺達はいいコンビだった。

「やるなあ、二人とも」

「ふふ、そうでしょう。おじ様」

ミイラを二体斬り伏せながら、軽い調子で父が話しかけてくる。

敵が際限なく現れるのに、父にはまったく疲れなど見えず、気が滅入っている様子もない。

「や、あんたもすげえからな？　そいつら、かなり厄介だろ？　斬っても痛みを感じてないみたいで、怯まないしよ」

確かにスサナの言う通り、父はすごい。

頼もしいことは頼もしいのだが……もっと緊張感を持ってもいいんじゃないか？

「そういえばおじ様。グレタを見かけませんでしたか？」

「グレタ？　すまん、誰のことだ？」

「私の……部下です。この遺跡に向かったと、情報があったので」

「部下っていうと、藍華騎士団のか？　残念ながら、お前達以外に、まっとうな人間には会ってないな」

「そうですか……」

「すまないな」

「いえ、大丈夫です」

周りに敵の気配がなくなって、一息つく。

俺は二人の会話を聞きながら、父の言葉を思い出していた。

父がここに来た理由――ムーダンがここから運び出したもの。

父が言うには、ムーダンがここから何かを運び出してから、王都で亡霊を見たという噂を頻繁に聞くようになったそうだ。

当のムーダンもそれ以来、どこからか資金を得たのか、積極的に解放運動を推進し、勢力を拡大していったという。

亡霊……は、カサシス達と地下道の調査をしたときに現れた、スケルトンのことだろう。

ここに何があるのか。いや、あったのか。

ここに向かったという、グレタの目的は？

ムーダンと邪神との、関係は……？

いくら考えても、答えが出ることはなかった。

†

「さて、と。ここなんだよ」

父が立ち止まったその前には、扉があった。鉄製の、かなり重そうな扉だ。

扉の表面には何かの紋様と、咆哮《ほうこう》をあげている力強いライオンのような姿が彫られている。

「これが、さっきおじ様が言っていた、どうやっても開かない扉なんですね」

取っ手があり、鉄板の中央を縦に走る筋は上から下まで続いている。形状を見る限り、これが扉であることは間違いなかった。

父は、ほとんどの場所を探索し尽くしたものの、ムーダンがこの場所で何を見つけたのか、その手がかりを得ることはできなかった。

最後に残った場所が、この扉の先だ。

「何か仕掛けがあると思うんだけどよ。ほら、扉の両側に取っ手みたいなもんがあるだろ？　こいつが鍵の役割をしてるんだろうけど、俺はこういうの苦手だからな。アランが来てくれて助かったぜ。ほら、レイナル城の仕掛けを解いたときみたいにさ」

「アラン、あなた、こういうのが得意だったの？　じゃあ、ちゃちゃっと扉を開けてちょうだい」

「へー、頭いいんだな、お前！」

父の言葉を聞き、フラン姉ちゃんとスサナが口々にはやし立てる。

「そんなに期待されても、開けられるかなんてわからないんだけど……」

簡単に言ってくれるが、あのときは協力者がいて、しかも時間がたっぷりとあったから解けたのだ。

それを今すぐにやれとは、あまりに無茶振りが過ぎるだろう。

とはいえ、この扉の先に何があるのかは気になる。

俺はまず、扉の観察から始めることにした。

扉は巨大だ。高さは見上げるほどで、五メートルはあるんじゃないかと思う。幅は三から四メートルくらい。

観音開きの扉には見事なライオンのレリーフが彫られていて、その両脇には父が言った通り、引っ張れそうな取っ手がある。

取っ手は、鎖で繋がれたつり革みたいな形状をしていた。引っ張ればさほど抵抗もなく、三十センチほどの長さの鎖がお目見えする。手を放せば、鎖はゆっくりと扉の中に収納されていった。左右両側とも、その動きは同じだ。

……これが鍵であろうことは間違いない。だが、どうすればいいのか。

「フラン姉ちゃん。そっちを一緒に引っ張ってくれない？」

「いいわよ」

「せーのっ」

タイミングを合わせ、左右同時に引いても扉は動かない。特に何が起こるわけでもなかった。

時間差で引いても、引く速度を完璧に同じにしても結果は同じ。

「駄目なのか？」

スサナが近くの岩に座りながら、足をブラブラさせて聞いてくる。

……もしかして、この取っ手はそれほど意味がないのでは？

そう思い始めたときだ。不意に父が扉に近づいた。

「なんで開かないんだ？」

父にしてみれば、無意識の行動だったのだろう。

ふと、手を伸ばした。そんな感じだった。力を込めたわけでもなく、手で押さえただけ。

だが、それだけで扉が開いてしまった。

「……え？」

「開いた？」

「マジか」

「お、開いたのか？　すげえ！」

困惑というか、呆気に取られるしかなかった。あれこれ考えていたのに、わけもわからないまま
あっさりと扉が開いてしまったのだから。

取っ手を放し、開いた扉を暫く見ていたが、閉まる気配はない。

「……この取っ手を両側で引っ張りつつ、誰かが扉を押す必要があった、とか……？」

自分を慰《なぐさ》めるためにそんなことを言ってみると、フラン姉ちゃんが同意してくれる。

「……そ、そうね。きっと、そうよ」

「何にせよ、開いて良かったじゃねえか」

「お、おう、そうだな。それよりも先に進むぞ」

「うん……」

不完全燃焼のやりきれない心のもやもやを内に抱えて、扉をくぐる。

そこは、神殿の中のような場所だった。

見上げた先には暗闇しか見えないが、光の届く範囲からすると、おそらく十メートル以上はあるだろう。

水の音が聞こえるのは、部屋の中央に小さな噴水があるからだ。そこから水路が十字に走り、部屋の周囲を囲む堀に流れている。

その趣向には驚かされた。天井を支える何本もの太い柱には、力強い獣が彫られている。柱や壁に施された彫刻は荘厳で見事なものだ。

だが、それだけだった。

がらんどうの室内で、他に目に留まるものはない。

「何もないな。ムーダンが運び出した形跡もなし、か？」

「何を持ち出したのでしょうね？」

「それがわかれば苦労はないんだがな」

フラン姉ちゃんにそう答えた父が室内を調べ始め、俺達も観察するが、特におかしなものが見つかるわけでもなかった。

強いてあげるならば、奥にある台座と、そこに並べられている、大きさの異なる三つの棺のようなもの。

そのうちの二つは、人間一人が入るのに丁度いい大きさ。一つは細長く、もう一つは成人男性が入れるくらいのサイズだ。装飾が施されていることを除けば、今まで見てきた棺と同じである。

だが残りの一つ、果たしてこれは棺なのか？　大型車……いやそれ以上に大きい。

暫くして、フラン姉ちゃんが何かの痕跡を見つけた。

「おじ様、あの棺みたいなもの、ちょっと配置がおかしくありませんか？　あれ、実はもう一つあったのではないでしょうか」

彼女の指差した三つの棺を見ると、確かに違和感を覚える。

大きな棺は一番奥。長細い棺は右手前。そして成人男性が入ることができそうなサイズの棺は左手前。その間の、中央がぽっかり空いているのだ。

床を照らしてよく見てみれば、台座から扉に向かって、何かを引きずった跡が残っている。

「あの棺の真ん中に、何かがあった?」

「そうらしいな。よし、近づいてよく調べてみるか。何かわかるかもしれないし」

父が声を掛け、皆でそこに向かおうとした、そのときだ。

「あら、その必要はございませんことよ」

女の声が響いた。

「誰だ!?」

その甘ったるい声には聞き覚えがあった。

「その声――グレタ!?」

そう、グレタ・ケイシール。フラン姉ちゃんに毒を盛り、自分の意のままに操ろうとした女。

フラン姉ちゃんの呼びかけに応じ、声の主は大きな棺の陰から姿を現した。

「流石、お姉さまですわ。私の声が、すぐにわかるなんて。やはり、お姉さまは私のことをわかってくださるのですね」

うっとりとしたような声色だが、その顔は見えない。

白いローブを着てフードで顔を隠したグレタは、敬虔《けいけん》な神の使徒のごとき出で立ちだ。しかし、放っている雰囲気は、それとは程遠い。

フラン姉ちゃんは一歩踏み出す。

「グレタ、なぜあんなことを? 信じていたのに!」

「でもお姉さまが、なぜこんな場所に？」

「毒を使って人の心を操ろうだなんて、恐ろしいことを！」

「ああ、そこの英雄と、その愚息に騙《だま》されたのですね」

「答えてグレタ！」

「なんて、可哀想なお姉さま」

フラン姉ちゃんとグレタの話が、まるで噛み合っていない。

「待っていてくださいね。私がお姉さまを救って差し上げますわ」

「グレタ‼」

グレタのもとに駆け寄ろうとしたフラン姉ちゃんの肩を、父が掴んで止める。そして、父は小さく首を振った。

「ところで、グレタだっけか？　なんでお前はこんなところにいるんだ？　あのスケルトンと何か関わりがあるのか？　それともムーダンと？」

「あら、救国の英雄様。私などにお声をかけてくださり、光栄ですわ。私がここにいる理由……それは乙女の秘密、と言いたいところですけど……そうですわね、教えて差し上げてもいいですわよ」

「おう、よろしく頼むぜ」

「っと、その前に。先に私の用事を済まさせていただきますわ」

グレタの用事？　このシガンシン墓地で、一体何を……？

ローブから白い手だけが露《あらわ》になる。

グレタは艶《なま》めかしさを感じる手をかざし、手招きをした。

何をしているのか不思議に思ったが、異変は俺の後ろで起こった。

「えっ⁉　うわっ⁉」

スサナが声をあげたのだ。振り返れば、スサナはもぞもぞとして、体を押さえている。

「あっ⁉　待て、この‼　って、ああっ⁉」

もだえるような仕草のスサナの体から、何かが飛び出る。

それは彼女がムーダンから預かったという、あの黒い宝玉だった。

宝玉は真っ直ぐに宙を飛び、グレタの手の中に納まる。

「うふふふふ、これですわ。この宝玉」

「……それが、お前の目的か？」

得体の知れない術を行使したグレタを警戒し、油断なく見据えて父が問う。

「そうですわね。これが目的の一つですわ。そして――」

口元を歪め、うっとりと宝玉を眺めるグレタを見て、悪寒が走った。

グレタは言った。二つ目の目的を。

「もう一つの目的は、あなた達をここで葬《ほうむ》ることですわ」

「なにっ⁉」

グレタが掲げた宝玉が怪しく光り、次の瞬間――。

「な、なんだ⁉」

――足元が大きく揺れ動いた。

「見て、棺が‼」

三つの棺が震えていた。

天井からは小さな石が降り、床に落ちては土埃をあげていく。

そして、震える棺はゆっくりと自らその蓋を開いた。

完全に棺の蓋が開ききると、眠っていたものが棺の縁《ふち》に手をかけ、体を起こす。

中から現れたのは、三体の獣人のミイラだった。

「おいおいおい……」

「何よ……あれ」

細い棺からは、弧を描く立派な鹿の角を持つミイラ。

中くらいの棺からは、鋭い牙と爪を持った、豹のような毛皮のミイラが出てきた。

そして大きな棺からは――。

「……でけえな」

腕も足も、そして胴体までも太い。立派な牙に全身を覆う毛皮。鼻はとても長く、耳は大きい。

象……いや、前世で一般的だったアフリカゾウではなく、マンモスのような風体だ。

「……マンモスの、獣人の、ミイラ？」

「アラン、マンモスってなんだ？　お前、あいつのこと知ってるのか？」

「あ、いや、マンモスっていうか、あれは象、じゃないかな。象の、獣人のミイラ」

「すごく太くて長い鼻がついてるのね。まるで、腕みたい」

象はシルケンの南のほうに生息してるって話だけど、象の獣人なんて、見たことも聞いたこともない。一体あれは……？

三体の獣人のミイラは、あの黒い宝玉から放たれた黒い光を吸収していく。そして黒い光をその身に吸い込むにつれて、生気ある姿へと変わっていった。まるで時間を巻き戻しているかのようだ。

結果、三体のミイラは、三人の獣人となった。

動きも仕草も、何の違和感もない。

何せ、三人はこちらを見て――。

「……なんだカ、随分と驚かレてるんだナ」

「拙者の立派な角にハ、見向きもせぬカ……」

「ハー……空気が美味シイ！」

――喋ったのだから。

象の獣人は低い声で、ゆっくりとした口調で心外そうに言った。

鹿の獣人の声は若干高めのテノール。自分の角が自慢なのだろう、あまり注目されていないことに落ち込んでいるようだ。

豹の獣人は女性だと思われる。胸に膨らみがあり、体つきも滑らかな曲線を描いていた。伸びをする彼女は空気が美味しいと言っているが、地中深くのこんなじめじめとした空気がいいのだろうか。

「喋ってやがるってことは、あいつらは獣人なのか？　獣がそのまま立ち上がってるが……理性がねえって感じでもねえよな」

父の言う通り、三人とも獣そのものが立ち上がったような姿だった。

一般的な獣人は、人間に獣の特徴が加わった程度の容姿であるが、目の前の三人はそれとは明らかに異なる。

ならば、新手の敵性亜人——つまり魔物なのかといえば、それとも少し様子が違う。

オークをはじめとした敵性亜人は言葉を持たずに理性もなく、生物とあらば見境なく襲う。

しかし、目の前の三人は言葉を話すし、自分なりの思考も持っているようだ。

ちなみに、オークはもともと豚人族という獣人種族である。豚人族は本来温厚で争いを好まず、農耕を得意とする心優しい種族で、自ら攻撃を仕掛けることは滅多にない。

しかし何らかの原因で魔物になった途端、人を襲うようになってしまうのだ。

昔から、獣人はそうやって変わってしまった者を『憑りつき人』と呼んでいるが、なぜそうした憑りつき人が現れるのかは不明なままである。

憑りつき人には生まれつきの場合と、ある日突然そうなってしまう場合とがある。

どちらも人間との混血を長い間行わず、獣人種や亜人種のみの血が何世代か続いた際に発生しやすいということはわかっているが、そういう傾向があるというだけで必ず起こるわけでもない。

魔や邪に憑依されたと言われる、憑りつき人。

それらが憑りつくのは、もともと獣人達が魔や邪に近い存在であるから。

つまり、獣人や亜人は穢《けが》れたものである。

魔や邪を撥《は》ね除《の》ける人間種こそが、神に祝福された真の神の子である。

——これは神光教会の教えだ。

この教えが人間至上主義の考えの基になっているのは間違いないが、本当にその通りなのだろうか？

魔や邪とは、邪神のことだろう。邪神が、獣人を狂わせている……？

もしかしたら神代に、ゴブリンらと同じく、邪神は彼ら獣人に何か呪いをかけたのだろうか。

人間の血を取り込まないと、やがて狂ってしまうような呪いを。

『獣創りし神々は主神の許しを得ん。獣を人として創る許しを。神の御役果たさん、自らの子とすることを。獣は人と交わり、獣ながらに人となりけり』

王都で出会ったオメテクトル神様から授かった本の中に、獣人についての記述があったのを思い出す。

神代――いや、そこまで遡《さかのぼ》らなくとも古代、獣人はより獣としての特徴を多く残していたらしい。

「そうだね……でも、彼らはミイラだった。もしかすると古代の獣人達は今とは違って、みんなあんな姿をしていたのかもしれない」

そう言った俺に向けて、拍手の音が響く。

「流石、博識ですわね。憎き英雄の愚息様は」

グレタはそう言ったが、まるで褒めたりなどしていない。むしろ馬鹿にしているようだった。

「そうですわ。彼らは我が神の御力によって蘇った、古《いにしえ》の戦士。死してもなお王を守るために、共に眠りについていた戦士達ですわ」

「王に……古の戦士……我が、神？」

「あら？　ご存じなかったのですね、英雄の愚息様は。嫌ですわ、無知なら無知と、はじめから仰ってくださらないと」

嘲《あざけ》るような笑い声に反応することはない。

グレタの言葉の意味を考えて、ある結論にたどり着く。

「……もしかして、ムーダンがここから運び出したものって」

「ええ、そうですわ。あの獣人は、王の棺を運び出したのです。そして、王は我が神の御力で蘇った。ダオスタの獣人達は王の手足となり、ここにあった宝を使って各国に支援を要請した。……本当に、愚か。一時の安寧を求めて、神の力を利用しようだなんて」

「なるほどな。ムーダンはここから資金と知識を得たのか。やっと疑問が解けたぜ。でもなんだ、その我が神ってのはよ」

「我が神は、我が神ですわよ」

父の問いにまともに答えないグレタに対し、フラン姉ちゃんが追及する。

「それは、邪神……ではないの？　グレタ」

「我が神は素晴らしいのです。私に力と知識を与え、さらには美貌までも……。まるで幼子だった私を、優しく導いてくださる。我が神は、この世界を救おうとしていらっしゃるのです」

恍惚《こうこつ》とした声色。やはりなぜか、フラン姉ちゃんの声だけはグレタに届かないらしい。

彼女の言う我が神とは、間違いなく邪神だ。

グレタから感じるのは、強大だが歪《いびつ》で、甘く頭が痺《しび》れるような力の波動。

あの黒い宝玉が何なのかはわからないが、あれからも同じ波動を感じる。

そしてグレタの話によれば、古の王はダオスタの地下で活動を始めている……。

以前地下道の調査を行ったときに遭遇したあのスケルトンは、もしや――。

「王都の亡霊騒ぎも地下道のスケルトンも、古の王の仕業か？」

「ええ、全て古の王の配下ですわよ。それは今この瞬間にも増え続けていますの」

「お前の目的はなんなんだ？　何をしようとしている？」

「私の目的、ですか？　それは、この世界を救うこと」

「救う？　壊すの間違いじゃないのか？」

「いいえ、救うのですわ。この神の力で、私は皆を解放してあげるのです。死という、誰もが逃れられない運命から。残酷な、神の法則から。そして解放された者達は我が神の支配する世界で、永遠に生きることができるのです」

会話はそこまでだった。

グレタが手を動かすと、背後の扉が勢いよく閉じる。そして彼女は命じた。

「――さあお前達、レイナルを殺し、お姉さまを我がもとに連れて来るのです！　神の力を授かったお前達なら、容易《たやす》く葬れるはずですわ！」

俺達は警戒して即座に剣を抜く。

張り詰めた空気が流れる中、しかし、三人の獣人がグレタの命令に従う気配はなかった。

顔を見合わせ、首を傾げる。

「王様は、どこなんダナ？」

「左様。王の姿が見当たらヌ。我らは王を守るためここに眠っていタ。王が不在ならバ、戦わヌ」

「確かに私ラ、貴女《あなた》に蘇らせてもらったけド、王に会えないなら言うこと聞かないヨ？」

口々に出たのは、王の所在について。

あのスケルトンやミイラと違い、彼らには、やはり意思があった。

「お前達の王はいち早く目覚めて、今は王都の地下で力を蓄《たくわ》えていますわ。私はその王に頼まれて、ここに来てお前達を蘇らせた。私としても早くお前達を王のもとに連れて行きたいのですわ。でも、それためにはあいつらが邪魔なのです。だから力を貸してちょうだい。王を守りし者達よ」

「そうなんダナ。なら、早くこいつらを倒すんダナ」

「致し方なイ。恨むナ、今代の英雄ヨ」

「さっさと終わらせようヨ」

もしかしたら戦わずに済むかもしれない——そんな希望は呆気なく砕け散った。

自らが眠っていた棺の中から、彼らは武器を取り出す。

鹿の獣人は槍、豹の獣人は鉄製の爪、象の獣人は巨大な斧を手にして、俺達と対峙する。

「おでの名前ハ、ダンドゥラ。行くんダナ」

「拙者ハ、ザジンバー。推して参ル」

「私はファラディス。行っくヨー」

緊張感のない言葉で、武器を構える三人の獣人。

「早いとこ王都に戻らねえといけねえわけだが、どうやら先にあいつらを倒さないとダメみたいだな」

「後ろの扉も閉められたしね」

父とフラン姉ちゃんが獣人達を見据えながらそう言ったところで、俺はふと気づいた。

「……そういえば、あの子がいないんだけど。獣人の、スサナとか言ってたっけ」

「あ、本当だ……。いつの間に逃げ出したのかな？」

フラン姉ちゃんも、目だけで辺りを確認する。

「まあ、戦いは苦手そうだったし、巻き込まなくて良かったじゃねえか。とりあえず、俺があのでかぶつをやるから、あとは任せた！」

「そうですね。じゃあ、私はあの鹿みたいなのをやるわ」

ということは、俺はファラディスと名乗った、豹の獣人か。

「行くぞ！」

「「はい！」」

相手は邪神の歪な力で蘇った、獣人。

俺は剣を携え、ファラディスに向かっていった。

◆ヤン視点◆

「おらあ！」

「うおッ!?　ダナ」

「うらあ！」

「わわワ⁉」

「もういっちょ！」

「おわア⁉」

マンモス？　とかいう、でかぶつの獣人を切りつける。

動きは遅くて反応も鈍《にぶ》いから、やりたい放題だ。

「むン！」

奴は跳び上がり、俺の頭目掛けて巨大な斧を振り下ろす。

「お？　……っと。こりゃ当たったらひとたまりもねえな」

しかし、そんな遅い攻撃をわざわざ受けてやる義理はねぇ。俺は左に跳んで余裕でかわす。

「んむム……当たらないんダナ」

時折放たれる奴の一撃は、磨かれた床を破壊し、太い柱に亀裂を入れた。

ぶっとい腕から繰り出される斧の一撃の威力はすげえが、俺にはかすりもしない。

「せい！」

「だあア⁉」

斧を振り下ろして伸びきった奴の腕を、上から斬りつけ、手首を返しもう一太刀。さらに素早く剣を引いて勢いよく突く。

奴は俺が斬りつけるたびに悲鳴をあげているが、腕が落ちることはなかった。

「かーっ！　かってえ！　なんてえ毛皮だよ！」

「わはハ！　なかなかすばっしこいナ、お前。でもそんな攻撃ジャ、おでは斬れないんダナ」

でかぶつは笑ってやがる。

……うーん、手ごたえはあるのに、まじで効いてないみたいだな。

毛皮が硬いってのは、もちろんある。だが斬ってる感触もある。

声をあげてるってことは、痛みは感じているはずだ。

その後も何度か試したが、結果は同じだった。でかぶつは痛がっちゃあいるが、斬れてはいない。

辺りは、でかぶつの攻撃で破壊された柱と床の破片が散乱している。

特別脆《もろ》いってわけじゃないんだろうが、でかぶつはそれを踏み砕きながら、ドスドスと重い足音を響かせて向かってきた。

さて、どうすればいいんだ？

こんなときに頼りたい我が息子は、自分の戦いで忙しそうだしな……。

しかしまあ、なんだ。わからないことは直接聞けばいいか。

俺は向かってくるでかぶつに剣を構えつつ、声をかけてみる。

「なあ、痛いことは痛いんだよな？」

「うン？　そうなんダナ、確かに痛いことは痛いゾ」

「でも斬れないって、なんでだ？　こっちにゃ、手ごたえはあるんだぞ？」

「んン……？　うーン……」

俺の質問にでかぶつは、唸《うな》り声を上げて足を止めた。悩んでいるようだ。

こいつ、戦ってて思ったんだが、悪い奴じゃなさそうだよな。

まあ、その王とやらのところに行かせちまったら良くないだろうってことは、俺にもなんとなくわかるから、引く気はないけどよ。

「痛いってことは、毛皮で防げてるってわけじゃないんだろ？　ちょっと俺がさっき斬りつけた腕、見せてみろよ」

「おオ？　おウ、いいゾ。よく見るといいんダナ」

素直に腕を見せてくるでかぶつ。

俺は少しだけ近づいて、奴の腕を観察する。ぶっとい腕は毛皮に覆われていて、すげえ筋肉だ。

俺を攻撃しようと思えば斧が簡単に届くというのに、でかぶつは腕を見せたまま動かない。

やっぱり、いい奴っぽいよな。

「うーん。確かに斬れてねえよなあ」

「そうなんダナ！　そうなんダナ！　これはやっぱリ、おでの毛皮がすごいんダナ！」

「いやいや、まあ確かに腕は斬れてねえけどよ、ほらここ、毛は斬れてるぜ？」

「おおオ⁉　本当ダ！　おでの毛皮ガ⁉」

「んでもってお前、痛かったってことはやっぱり、皮膚だって斬れてたんじゃねえの？」

「そ、そうなのカ？」

不安そうな声をあげ、首を傾げるでかぶつ。

「わかんねえけどよ。まあ、もっかい試してみればいいだろ。ってわけで再開しようぜ」

「おウ、わかったんダナ！」

俺は一旦距離をとり、もう一回剣を構える。

「今度はちょっと強くいくからな。覚悟しろよ？」

「いくらやってモ、無駄なんダナ。多分ちょっと痛いだけなんダナ」

「そいつはわからねえだろ？」

腰を低くして、足に力を込める。剣は腰の高さで構え、切っ先を背の方に向ける。

でかぶつを観察し、俺は次の狙いを定めた。

「いくぜ！」

「来るんダナ！」

床を蹴って飛び出した俺を見て、でかぶつは右手の斧を振り上げる。

さっきと比べると速い動きで、このまま行けば、俺はあれの下敷きになること間違いなしだ。

こいつも「やったんダナ」とか思ってるんだろうなあ。

ま、そうはならないが。

攻撃の着地地点を見切り、ほんの少しだけ左に動く。こいつに繊細な攻撃ができないことは、さっきまでの攻防でわかっている。だから、これだけで斧に当たることはない。

確かに、斧が床を砕いた瞬間の爆風と、飛び散った破片は脅威といえる。だがその前に爆風から遠ざかっていればいいだけの話だ。

振り下ろされ、伸びきった腕。これが待っていた瞬間だ。

しかし、俺が斬りつけるのは斧を持つ腕ではない。狙いは、でかぶつの顔面。まるで顔から腕が生えているような面白い形の、その長い鼻だ。

隙だらけのでかぶつに肉薄し、俺は思いっきり剣を振り抜いた。

「うおおおおおおン‼」

血しぶきとともに、悲鳴とも雄たけびともつかない声があがる。

俺の腕なんかよりもよっぽど太い鼻が、宙を舞った。

「どうだ！　でかぶつ‼」

「うおおおおン！　痛いんダナ！　痛いんダナ‼」

鼻をなくし、痛みに悶《もだ》えるでかぶつを見上げた。

これでわかった。斬れる。鼻が斬れるってんなら、腕も同じはずだ。

鼻からダラダラと血を流しながら、でかぶつは俺を睨みつける。

「よ、よくモ、やったダナ！」

「人間の力を、思い知ったか！」

「くっソー！　人間のくせニ、なしてそんなにすばしっこくテ、力があるんダナ！」

「んん？　そりゃお前、強化術を使ってるからに決まってるじゃねえか。お前は使えないのか？強化術」

「きょうか、じゅツ？　なんなんダナ、そレ？　そんなもノ、知らないんダナ」

鼻を押さえつつ、目を瞬《しばたた》かせるでかぶつ。

「まじか？　その、内側の力で、自分の体をドーン！　と強くする方法だよ」

「知らないんダナ」

でかぶつの首を振る様子を見るに、まじで知らないみたいだな。

確か強化術の歴史は千年や二千年なんてものじゃなくて、もっと昔からあったはずだが。……でかぶつ達は、それよりも前の時代の奴らってことか。

「……あれ？」

そんな中、俺は気づいた。

いつの間にか、あいつの傷口から流れる血が止まっている。

いや、それだけじゃない。

俺が斬ったはずの鼻が、ニョキニョキっと生えてきた。

「……おいおい、まじか」

「おオー！　鼻が生えてきたんダナ！　もうなんともないんダナ！」

はしゃぐでかぶつには、もう怪我ひとつない。

もしかして、さっき腕が斬れなかったのは、斬ったそばから治っていたから、ということか？

こいつらの時代にはなかった、強化術。

だがこいつは邪神の力で、死なない体になったたってことか。

そういやさっき、あのグレタとかいう嬢ちゃんが神の力を授かったとか言ってたっけな。すっかり忘れてた。

「さて、どうするか……」

でかぶつは再生したばかりの鼻を器用に使い、何度も俺を殴りつけようとしている。

その鼻を剣で一閃してみるが、さっきのように斬り飛ばすまでには至らない。

再生した部位は、強度が高くなるってことか。

このまま斬りまくってても、片っ端から再生しちまうんじゃ、意味がない。

そういや、剣闘大会の事件――テスタムのときもこうだったたっけか。

あのときはアランの光で、テスタムを元に戻したんたよな。

こいつも多分同じだ。

でかぶつは疲れってもんを知らないらしく、今も最初と変わらず思いっきり斧を振り回し続けている。

避けるのは簡単だ。だが反撃をするにも、決め手に欠ける。

やっぱり、アランになんとかしてもらうしかない。

そう思い、俺はさっきからなんだか苦戦している様子のアランに目を向けた。

◆フランチェスカ視点◆

私が対峙しているのは、ザジンバーと名乗った鹿の獣人。

ザジンバーは、鋭い槍を私に向けたまま問いかける。

「サテ、大人しく捕まるつもりはないカ?」

「あるわけないでしょ?」

「デ、あろうナ」

無意味と思われる問答をしつつ、互いの気配を窺う。

私が剣の切っ先を相手に向けると、火の精霊が肩から降りて宙に浮き、私と同じく相手を睨みつけた。

どうやらこの子は、私を守ろうとしているみたい。その想いが伝わってくる。

私は頼もしい味方に笑みを向けて、表情を引き締めた。

その様子を見てか、ザジンバーの雰囲気が変わる。

「……少し痛い思いをせねバ、わからぬカ」

殺気が膨れ上がった。

でも、それに負けてなんていられない。

「……ふん。王を守りし者か何か知らないけれど、大人しく棺の中で眠っていればよかったのよ」

「……人間ノ、小娘風情ガッ！」

激昂したザジンバーは何の駆け引きも技もなく、ただ突っ込んでくるだけだった。

この鹿の獣人に、煽り耐性はなかったみたいね。

「むン！」

間合いを詰めて、横なぎに振られる槍。

ザジンバーの持つ槍は先端が鋭く尖っているだけで、刃はなかった。

腰くらいの高さで振るわれた槍を、胸が地面につくくらい体勢を低くしてやり過ごす。

槍が頭上を通り過ぎた直後、今度は私が攻勢に出る。

「やっ！」

足に力を込めて、立ち上がると同時にザジンバーの顔を目掛けて突く。

「ぬッ⁉」

でも、それは当たらなかった。すんでのところでザジンバーは顔を逸らし、私の剣は宙を突く。

「まだまだ！」

一度かわされた程度では止まらない。

剣を素早く引き戻し、続けて突きを二発、三発と放つ。

二発目はザジンバーの顔に浅い傷をつけた。

三発目は不意を突いて肩を貫く。

そして四発目。もう一度顔を狙ったのだけれど、それを放つことはできなかった。

「なかなカ、やりおル！」

「くっ⁉」

まるで効いていないとばかりに、ザジンバーが余裕の表情で槍を振り抜く。

傷を負わせたはずなのに、その速さに衰えは見えない。

なんとか剣で受け流し、後ろに跳んで距離を取ろうとした。

でも、私が跳ぶよりも早く――。

「くらうがよイ！」

低い姿勢で間合いをつめたザジンバーが、頭の角を私のお腹目掛けて突き上げてきたのだ。

その速さは今までの比じゃない。

かわせない――そう思ったときだった。

「ぬぐッ⁉」

突然、火の粉が舞い、小さな爆発がザジンバーの目の前で起こった。

たまらずザジンバーは顔を背けて、たたらを踏む。

その火の正体は、私を守るという強い意志を伝えてくれた精霊。この火の精霊が、すんでのところでザジンバーを退けてくれた。

「……精霊術カ。人間が精霊術を使うとハ、時代は変わったものダ」

目の前で起きた爆発をかわすことができなかったザジンバーは、左目を押さえている。

さっきの爆発をまともに受けたのだから、目はもう使いものにならないはず。実際、焦げた臭いもしているし。

「ありがとうね」

助けてくれた火の精霊にお礼を言うと、喜びの感情が伝わってきた。役に立てて、お礼を言われて嬉しいって、そう言ってる。

さっきの突き上げにはヒヤッとしたけれど、結果的に傷を負わせることに成功した。この子のお蔭で、視界も奪えたかもしれない。

私は距離を取り、剣を強く握り直す。

この子と一緒なら、敵《かな》わない相手じゃない。その思いは確信に近かった。

「流石、お姉様ですわ！」

こちらの戦いを見ていたのか、突然グレタが大きな声で私を讃える。

「……それをあなたが言うのは、おかしいんじゃないの？　グレタ。ザジンバーに私を捕まえさせようとしているのに」

「子供みたいにはしゃぐお姉さまも可愛らしいですわ。でもお姉様、神の力を得たこれは、こんなものじゃないんです」

「誰がはしゃいでるっていうのよ」

やっぱりダメだ。グレタは私との会話ができない。

アランやヤン様の言葉には応じていたのに、なんで私の言葉だけ通じないの？

それにしても、神の力を得たというグレタの言葉が気になる。

神の力……あの禍々しい宝玉から放たれた黒い光が、そうだっていうの？　死者を蘇らせた力が？

そんな疑問は、すぐに晴れることになった。

「なるほど、これが神の力、カ」

「……え？」

ザジンバーはそう呟き、顔を覆っていた手をどけた。

隠されていたものが露になると、そこにあるはず――いえ、あると期待していたものがなかった。

そう、ザジンバーの顔には焼け焦げた跡がなかったのだ。

それどころか、初めにつけた肩の傷もないように見える。

「お姉様、それは神の力を得て死なない体になったのですわ。ですから、いくら突いても斬っても、焼いたって倒すことはできないのですよ」

「……なんですって？」

「だからお姉様。観念してください。その小さな精霊の助けがあったとしても、勝ち目はないのですから。ね？」

声色は穏やか。でも得体の知れない笑みを浮かべるグレタは、黒い靄みたいなものに包まれている。

あの子が今普通じゃないのは、私でもわかる。

一体どうして、こんなことになってしまったの？

「サテ、続きダ。適当に痛めつけてモ、構わないのだろウ？」

「ええ。最悪死んでしまっても、神の力で復活させることができますから問題ないですわ。でも、顔を傷つけたら許しませんわよ」

「承知しタ。……だそうダ、早めに降参したほうガ、身のためだと思うガ？」

槍を構えるザジンバーの体には、もう傷なんて一つも残っていない。

このままでは、私の体力がもたないだろう。

でも、やってみなければわからない。

もしかしたら、何か弱点のようなものがあるかもしれないのだから。

「来なさい！　何度でも、斬って焼いてあげるわ！」

そう吼《ほ》えた私とザジンバーが床を蹴ったのは、同時だった。

†

「さあさ、行くよ。行きますよ」

軽い口調で、カチャカチャと爪を鳴らす豹の獣人。確か名前はファラディス。

体つき、仕草、口調からして、女性に間違いない。

右に左に落ち着きなく移動し、獲物である俺を見定めるように色々な角度から眺めている。

楽しげに口元を歪め、牙を覗かせるファラディスは言った。

「すぐに楽になりたいっていう子が多いんだけどネ、私はもっと楽しんでほしいんダ。だからラ、いっぱいいいっぱイ、頑張るんだヨ？」

その言葉を聞いた直後、気づけばファラディスの爪が迫っていた。

彼女の踏み込みを俺が目で捉えた一瞬の後には、もう至近距離にいたのだ。

油断していたつもりはない。それだけファラディスが速いのだ。

「っ⁉」

目の前ギリギリのところを爪がかすめていく。

取り残されて切られた数本の髪の毛が、宙に舞った。

「おやヤ?」

慌てて跳びのき距離をとるが、意外にも追撃はなかった。

「……ふーん。絶対に目をとったと思ったんだけド、君、結構やるねエ」

不思議そうに俺を見ていたファラディスは、愉悦で表情を歪める。

「これハ、楽しめそうだネ」

俺は全身に霊力による強化術を張り巡らせていた。

ファラディスは確かに速い。

しかし、レイナル領の獣人部隊を率いている猫人のダーナさんに比べれば、若干勝る程度。

ダーナさんにはレイナル領で訓練をする際に、いつも相手になってもらっていた。だから、集中すればかわせないことはない。

とはいえ、戦闘スタイルはまるで違う。ダーナさんは短剣の二刀流で、俊敏さとトリッキーな動きで相手を翻弄していたが、ファラディスの戦い方は獣そのものだ。

四つんばいで跳ね回り、鉄の爪で繰り出される攻撃も技というものはなく、単に身体能力任せのもの。強化術すら使っている様子はない。

「ほらほラ、どうしたのかナ? さっきからラ、防戦一方じゃないカ」

右から襲い掛かる爪を剣で弾いたと思ったら、今度は左下から。それも防ぐと、次は後ろに回り込んで蹴りを放ってきた。

ときには壁を、柱を足場にして、苛烈《かれつ》な攻撃を繰り返す。

相手の手数が多く、直撃を防ぐので精いっぱいだ。

顔をはじめとして、全身に小さな傷ができている。全て治癒術で治せる程度のものだが、もちろんそんな暇はない。

「じゃあそろそロ、まずはその左腕を貰おうかナ」

壁を足場にして跳躍するファラディス。狙いは今宣言した通り、俺の左腕だ。

この瞬間しかない。

衝撃と痛みを覚悟して身構えると、予想通り、俺の左腕にそれらが襲い掛かった。

「ぐうっ！」

左腕に走る痛みに思わず声が漏れ、顔は苦痛に歪む。

しかし、これが必要だった。

ファラディスは狙い通り、己の爪で俺の左腕をとったと、愉悦の表情を浮かべていた。

腕を切り裂いた感覚に酔いしれているのか、彼女には大きな隙が生まれている。

時間にすれば、一瞬のことだ。

だが、この一瞬があれば反撃に転じることができる。

「つあああっ‼」

振り抜いた剣はファラディスの肉、そして骨を断つ。

壁から跳躍したファラディスは右足を失い、床に叩きつけられるようにして転がった。

床に飛び散っている血は彼女のものか、それとも俺のものなのか。

「あああああア！　痛い痛い痛イ⁉」

ファラディスは足を失った痛みで、床をのた打ち回っている。

俺は逆に冷静に彼女を見据え、深い傷を負った左腕に治癒術を施す。

強化術で左腕に力を集中していたお蔭で繋がったままだが、そうしていなければ確実に断たれていた。

傷は深いものの、術で治療すれば動かすには問題なさそうだ。

普通なら、片足を失えばその後の戦闘は困難になる。勝敗は決したも同然だったはずだ。

だが、相手は邪神の力で死から蘇った戦士。これで終わりなはずがない。

俺は異変に気づいた。

「血が……動いてる？」

辺りに飛び散っていた血が、移動し始めた。

いや、それを血と言っていいのか。血は黒い霧になって、ファラディスのもとに向かっている。

まるでそれ自体に意思があるかのように、彼女のなくなった左足に集まっていく霧。

斬り飛ばした足もいつの間にか、その血と同じく黒い霧と化し溶け消えていた。

ほんのわずかな時間での出来事だ。ファラディスの左足は、黒い霧が集まったと思った次の瞬間には、もう形を成していた。

ファラディスは邪神の力で、死から目覚めた存在。

あの、剣闘大会でおかしくなってしまったテスタムや、パウーラに現れたオーガと同じだ。

目を他に向ければ、父は巨大な象の獣人を余裕であしらっているものの、やはり倒せてはいない。

フラン姉ちゃんも同じだ。いくら突いても、いくら焼いても相手は立ち上がってきている。

こいつらに、邪神の力に対抗する方法は、一つしかない。

「完全復活ウ！」

ファラディスが立ち上がった。斬り飛ばしたはずの左足は、何事もなかったかのように彼女に繋がっている。

復活した左足で床をトントンと踏み、それをアピールするファラディス。

「君、なかなかやるネ！　まさかわざと左腕を斬らせて反撃に出るなんテ、びっくりしたヨ。でも残念だったネ。この通リ、元通りになっちゃっタ」

「……その左足が治ったとしても、問題ないよ」

「んン？　どういうこト？」

「つまり、こういうことさ」

俺の手の平から光が放たれる。

「ッ⁉　眩《まぶ》しイ」

――光。

俺が神様から与えられた、聖なる力。

これこそが、邪神の力に対抗しうる唯一にして、絶対の力。

黄金の、神の光だ。

「アラン。あのときの力か？」

父が駆け寄ってきて、隣に立つ。

あのときとは、テスタムと戦ったときのことだろう。

「アラン。それであいつらが倒せるの？」

フラン姉ちゃんが、炎を背後に歩み寄る。

炎の中では、あの鹿の獣人がもがき苦しんでいる。

象の獣人は四肢を失った状態でのた打ち回り、地面を揺らしていた。

彼らはそんな状態だというのに、死んでいなかった。

……いや、死ぬことができないのだ。

光を剣に宿し、また剣は光に姿を変える。

準備は整った。

「……これで、終わらせる！」

眩しそうに、自らの手で光を遮っているファラディスに向かい、光の剣を振る。

直後、膨大な量の光がファラディスを包み込んだ。

「……エ？」

俊敏な豹の獣人は、何が起きたのかわかっていなかった。

そしてようやく彼女は気づいたらしい。自分の体の異変を。体が動かないことを。自らの手足が小さな光の粒とともに、消滅していることを。

光が散っていく様《さま》は、美しく幻想的だった。

火の粉が舞うのとは違った、暖かな光がユラユラと揺れては消えていく。

ファラディスの手足はもう消えてしまっている。だが、さっきとは違い、痛みは感じていないようだった。

それどころか、彼女は「……温かい」と、穏やかな声で呟く。

それが、彼女の発した最期の言葉だった。

光が消え去ったあと、ファラディスの姿はどこにもなかった。

「ナ、何をしたんダナ⁉　ファラディスガ、消えたんダナ！　消されたんダナ⁉」

「何が起きタ⁉　があああ！　おのレ！　炎のせいで何も見えヌ！」

驚き慄《おのの》いたのは、残された獣人達。

もっとも、ザジンバーは炎に焼かれたままなので、状況を理解できていないようだが。

象の獣人であるダンドゥラは、先程のファラディスと同じように、父に斬られた四肢を黒い霧で復活させていた。

「すごい……たった一振りで、倒してしまったの？」

「いや、倒したんじゃなくて、送ったんだ。彼女が、本来あるべき場所に」

「本来あるべき場所……？」

それはこの現界ではなく、幽界と呼ばれる、あちらの世界のこと。

この光の剣は何かを滅するのではなく、迷える魂を浄化し導くもの。

いわば、救いの剣だ。

彼らは皆、邪神の力によって歪な形で復活している。それを正すのが、この剣の――俺の役目なのだろう。

「ごのおおおオ！　ファラディスヲ、どこにやったんダナ‼」

咆哮と足音を大きく響かせて、ダンドゥラが突進してくる。

だが、それに怯むことはない。俺は再び光の剣を振りかぶる。

「ダンドゥラ、やめロ！　その光ハ……‼」

「うおおおおおオ‼」

剣を振るい、光が走る。猛《たけ》るダンドゥラは、そのまま光に呑み込まれた。

「な、なんなんだな⁉　体が動かないんだな⁉　……でも、とても気持ちがいい」

手足の先から光の粒子になって、ダンドゥラが消えていく。

「ダンドゥラ‼」

「ザジンバー、すまないんだな……おでは先に行く。王のことを、頼む……」

そう言い残して消え去るダンドゥラの目は、穏やかで、安らぎに満ちていた。

「あと、一人……！」

ダンドゥラを見送り、炎の中に焼かれるザジンバーを見据える。

浄化すべくザジンバーに駆け寄り、光の剣を振り上げたところで不意に声が聞こえた。

「なるほどねえ……。やっぱり、体が大きいだけではダメなのですわね」

ザジンバーに剣を振り下ろす直前に俺の耳に届いた、グレタの呟き。

「なら、これならどうかしら？」

俺は見た。光の剣が当たる寸前、ザジンバーが黒い霧に包まれるのを。

それは、グレタの持つ黒い宝玉から生じたものだ。

剣から放たれた光がザジンバーを包む。

だが、今までとは違う感触だ。

まるで、何かに遮られているような、拒絶されているような……。

「なっ⁉」

ファラディスやダンドゥラのように、ザジンバーが光に還ることはなかった。

光が収まった後、そこにあったのは俺が剣を振る前と後で、何も変わっていないザジンバーの姿。

……いや、変わっていた点はあった。

「……これハ？」

ザジンバーは、自分の周囲に起きた変化を見て驚きの声をあげた。

彼の周りにあったのは、蠢き続ける黒い霧。それが半球状になり、バリアのごとく彼を守っている。

そう、彼は闇の結界に包まれていたのだ。

その闇の結界はすぐに消え去ったが、あれが光の剣を防いだことは明白だった。

グレタは笑う。

「うふふふふ！　どうやら我が神の仰った通り、この宝玉の力があれば、あの忌まわしい力に対抗することができるようですわね！」

宝玉を掲げ、頬ずりをせんばかりである。

俺は悔しさで歯噛みするが、防がれたのは事実。

「おいおい、まじか。アランの力が効かないなら、どうやって倒せばいいんだよ。いくら斬っても、不死身なんだろ？」

「焼いても焼いても再生されて、無駄だったわ」

父とフラン姉ちゃんの戸惑いを眺めつつ、グレタは口角を上げる。

「まあ、ここまででいいでしょう。二つ目の目的を達成することはできませんでしたが、忌まわしき力への対抗策も見えたことですし、今回は収穫がありましたわね」

その言葉に噛み付いたのは、ザジンバーだ。

「……貴様、まさかそのためニ、我々ヲ」

「あら、人聞きの悪いことを。そんなことはございませんわよ。私はただ、あなた達の王の依頼で起こしに来ただけですから」

「王ノ、依頼だト……？」

「ええ。側近のあなた達を起こしてきてくれとね。まあその際、少しはこちらの役に立ってもらうよう使わせてほしいとは言いましたが」

「貴様！」

「あなた達の王はそれを了承したのですから、私に文句を言われても困りますわ。そんなことより、さあ行きますわよ。復活を果たした、古の王のもとに」

グレタはザジンバーをまったく相手にしていなかった。

そしてあろうことか、悠々とここを去ると言ってのけたのだ。

「おいおい、そんな簡単に逃がすわけないだろ？　そいつを倒せなくても、拘束することはできるんだからな」

「グレタ、残念だけど、逃げ場はないわよ。この部屋に出入り口は一つしかない。それにあの扉は、あなたが閉めてしまったんでしょう？」

父とフラン姉ちゃんが、グレタとザジンバーを逃がすまいと構える。

だがそれを見ても、グレタの余裕の態度は変わらない。

「別にあなたの許可をいただく必要はございませんわ。英雄様」

「……何？」

グレタは宝玉を掲げる。すると、宝玉は黒い霧を勢いよく噴出した。

そしてグレタとザジンバーの姿は黒い霧に包まれ、やがて見えなくなっていく。

「それでは、ごきげんよう。お姉さま、またの機会に――」

聞こえてきたのは、別れの挨拶だった。

黒い霧が晴れた後、残された言葉の通り、二人の姿はそこにはなかった。

あったのは、棺の残された闃然《げきぜん》とした広間。

それだけだった。

◆ルプス視点◆

主と別れてから一週間。

俺達は未だシルケンの傭兵団と行動を共にしていた。

霧の谷を抜けて緑の丘を越え、岩の山を抜け深い森へと入る。

あれから幾度となく、一団はゴブリンやオーガに襲われた。

奴らは常に俺達をつけ狙っていた。

昼も夜なく、時にけたたましく、時に静かに。

自惚《うぬぼ》れではないが、俺達が同行していなければ、この一団はすでに奴らの餌食となっていただろう。それだけ奴らは狡猾《こうかつ》だったのだ。

主には、一度だけ事情を書いた手紙を出した。たまたま近くを通りかかった行商人に渡し、送り届けるよう依頼したが、無事に届いているだろうか。

「すまないな。事情が事情だから、安全な街道は使えなくて。だがあんたらのおかげで、本当に助かっている。実を言うと、この旧街道を使うにあたって、死人が出るのも覚悟していたんだ」

ヘイグルが申し訳なさそうな顔をして、詫びとも感謝ともとれない口調で話しかけてくる。

だが、俺が聞きたいのはそのような言葉ではない。

「……合流地点までは、あとどれくらいだ？」

あれから幾度となく同じことを尋ねたが、奴は決まってこう言った。

あと少し。もう少し。

その言葉に引き留められ、ズルズルと遠くまで来てしまった。

力をあてにされ、利用されていることはわかっていた。

困っている人を見捨てるのは忍びないが、協力するにも限界がある。手紙で断りを入れたとはいえ、あまり主と別行動をするのはよくないだろう。

だから、俺は何度も立ち去ろうとした。

しかし、そのたびに地につくまで頭を下げられ、あと一日、あと一日だけと頼み込まれて、なし崩しで今に至っているのだった。

「あと少しだ」

奴の答えは同じだった。それは今までとなんら変わることがない。

俺はヘイグルの顔を横目で睨み、意識を前に向ける。

だが、今日は答えに続きがあったようだ。

「いやいや、本当にあと少しなんだ。この暗緑の森も、この調子ならあと半日もあれば抜けられる。そうしたらもう国境だ。そこに仲間が待っているはずだから」

もうこれが本当に最後。そう思い、足を動かして先に進む。

木の根を踏み越え、草を踏みしめ、歩いた。

昨日降った雨のせいか、足元がぬかるんでいる。馬車は幾度となく脱輪を繰り返し、その度に足が止まり、馬車を押して先を急がせた。

果たして、ヘイグルの言葉は真実だった。

それから半日もしないうちに一団は森を抜け、荒野へと出る。

背の低い木々。乾燥した土。時折吹く強い風に土が舞い上がり、視界を汚す。

遥か先に見えたのは、いくつもの天幕だ。

そこから何本かの白い筋が、空に向かって昇っている。

迎えの者と思われる騎兵が一騎、こちらへ向かってくるのが見えた。

「頼む！　せめてお礼をさせてくれ！」

ヘイグルがまたいつもと同じく頭を下げている。

今までと違うのは、奴の後ろ。

奴と同様に頭を下げる、ここまで共に旅をしてきた獣人達。そして周囲には、甲冑《かっちゅう》を着た多くの獣人の姿があったのだ。

甲冑を着込んだ獣人の数は、百を超えている。

甲冑は個々に微妙な差異はあるが、色や形などの大部分は共通している。何より、首元に刻まれた紋章が皆同じだった。

確か、この紋章はシルケン軍のもの。

そう、ヘイグルの言う仲間というのは、シルケンの国軍だったのだ。

ヘイグル達は傭兵団であるため、奴の仲間とは同じ傭兵団の者だと思い込んでいた。

そもそも、何かと差別される獣人が国軍と繋がりがあるなど、想像もしていなかったのだ。

しかし、シルケンの紋章のついた甲冑を着た者達は、皆獣人である。

シルケンでは獣人が国軍に入隊できるのか？　レイナル領と同じように？

そんな疑問は浮かんだが、ともかく俺達の役目は終わりだ。

礼をしたいと言うヘイグルを振り切ってでも立ち去ろうとしたのだが、周りの獣人達からも熱心に頼まれ、引き留められた。

最後のお願いと言われ、仕方なく俺達は歓待を受けることに。……いや、グイとタープは初めから料理目当てで残ろうとしていたようだが。

「さあさあ、飲んでくれ！　食ってくれ！　今日は良い日だ！」

酒を飲んでは注がれ、杯の中は常に満たされていた。

料理も肉や魚を中心に、焼き物や蒸し物などあらゆる料理が並べられている。

煌々《こうこう》と燃え上がる炎は闇夜を照らし、舞い散る火の粉は軌跡を描いて消えていく。

「このスイダレム産の酒は極上品なんだ。是非飲んでみてくれ！」

「いやいや、こっちのリグースの酒のほうが旨いんだぜ！　スイダレムの酒なんか、名前だけだ」

「なにを！　リグースの酒はただ濃いだけだろうが！　スイダレムの酒は上品でしっとりとして、まるで朝露のような味わい、とても比べ物になんかならんね！」

「ああ⁉　リグースの酒はそれだけ濃厚で味が深いんだよ！　どう考えてもこっちのほうが上だろ

うが！」

「やるか！」

「おお、やってやんよ！」

酒を勧めていた男が、その味を巡って口論している。

酒と炎の熱に浮かされ、俺の視界はぼやけていった。

やがて周囲のうるさいくらいの喧騒までもが、心地よくなっていく。

心配するような声が聞こえてきたが、応える術はない。

頭は熱く、まどろみに体が溶けていくようだった。抗《あらが》うことはできない。

俺の意識は、それから間もなく途絶えることとなった。

「これが終わったら、主のもとへ……」

そんな意思は知らぬ間に口からこぼれ、喧騒の中に溶けていくのだった。


目を覚ましたのは、どこかの天幕の、暖かな布団の中だった。

布と布のわずかな隙間から、日の光が差し込んでいる。鳥の鳴き声も遠くから聞こえてきた。

「……ここは、どこだ……グアッ⁉」

起き上がろうと体に力を込めるが、できなかった。

体を少し動かそうとしただけで、頭の中で鐘が打ち付けられているかのように痛むのだ。

全身が強い倦怠《けんたい》感に襲われている。

今まで経験したことのない感覚だ。

一つの可能性が、口を衝いて出る。

「……まさか、毒を盛られたのか……？」

「馬鹿なことを言うんじゃないよ」

しかしそれは即座に否定された。少しかすれたような、若い女の声だ。

天幕の入り口に手がかけられ、隙間から漏れていた日の光が遮られる。

「お邪魔するよ」

入ってきたのは獣人の女だった。

女はゆっくりと歩み寄り、俺が横になっているベッドに近づく。

丸みを帯びた獣の耳、長い尻尾、腕や足の毛皮。その女は一見、猫人なのかと考えた。

しかし、違う。

「……豹人、か？」

「おや？　よくわかったね」

発した答えは正解だった。

女は寝ている俺に覆いかぶさるようにして、顔を近づける。

野生的な雰囲気だが、整った顔をしていた。

「アンタが、水の精霊を操るっていう狼人か？　アタシはズシュエ。シルケン軍獣速駆逐隊を預かっているもんさ」

「お前が……」

隊を預かっている？

シルケンでは、獣人が軍に入れるだけではなく、役職までも任されているのか。

一旦顔を離し、ズシュエと名乗った女は続ける。

「さっきアンタ、毒だなんだって言ってたけどね。それは単なる二日酔いってやつだよ」

「……二日酔い？　これが、か？」

「そうさ。ほんとアンタ、酒臭いよ。って、自分の臭いはわからないか」

二日酔い……。以前、精霊樹の森の慰霊祭で、多くの者がなっていたという、あれのことか？

あのとき俺は酒を飲まなかった。だからわからなかったが、確か主の妹がその症状を患《わずら》っていたな。

そうか、これが……。

思いのほかきつい症状に、俺はため息をつく。

だが、二日酔いならば、このまま休息をとっていれば改善されてくるはずだ。

安心という感情が心の内を満たしていく。

体を動かすことができないならば仕方がない。このまま寝て過ごし、ある程度回復するのを待って、それから主のもとへ帰ろう。

通ってきた道をそのまま走れば、半分以下の時間で戻ることができるはずだ。

グイやタープは、走る速度は俺に劣っても、体力は俺と同じくらいある。走り続けることに問題はない。

頭の中で計画を立てていると、しかしそこに冷や水が浴びせられた。

「しかし驚いたよ。まさかアンタの連れが妖精族だったとはね。アタシも初めて見た」

「なん……だと?」

タープの正体が、ばれている……?

俺の驚愕《きょうがく》に気づかないのか、豹人の女は話し続ける。

「そうそう。二日酔い真っ只中のアンタに言うのはちょっとあれなんだけど、お願いをしに来たんだった。善は急げって言うし、聞くだけ聞いてくれよ」

お願い。ズシュエはまたも顔を近づける。

「アンタ、このままここにいてくれないか? シルケンで、私の部下にならないか?」

勧誘。俺を、シルケンの国軍にということか?

「……悪いが、俺には主が――」

当然断ろうとした。俺にはすでに主人がいるのだ。

だが、ズシュエは俺の言葉を最後まで聞かなかった。

「――あの妖精の子ともう一人……。何の種族かはわからないけどさ、幻術で正体を隠していたくらいなんだ。ばれたらやばいんだろ？　幸い今なら、あの子達の正体を知ってるのは、アタシともう一人だけ。それが皆に広まってもいいのかい？」

「……貴様、脅すつもりか？」

「いやいや、アタシが口を滑らせるかもしれないってだけさ。心配なら、アタシをずっと監視し続ければいいじゃないか。ばれたら大変だよ？　アンタの言う、その主ってやつにも、迷惑がかかるんじゃないのかい？」

ズシュエは確信していた。自身の願いが、断られるわけがないと。

「な？　いいだろ？　なってくれよ、アタシの部下に」

ズシュエの顔は、愉悦に歪んでいた。勝ち誇ったような、そんな顔だ。

それは、獲物を捕らえた喜びからくるものだろうか。

それならば俺は獲物。さながら首を噛み付かれた、哀れな羊なのかもしれない。

「……主に、手紙を出させてくれ……」

口に出せたのはそれだけ。

頭が痛むのは、酒のせいだけではないだろう。

俺には、ズシュエの願いを拒否することはできなかった。

第五章

赤髪の少女の座る窓の外には、青い空と白い雲があった。雲はまるで、てんこもりにされたご飯みたいだ。

近くの木にとまっている蝉が、うるさいくらいに鳴いている。

窓から風は吹き込んでくるが、汗ばむ体を冷やしてなどはしてくれなかった。

近くの机に置かれているコップの水は、もうとっくにお湯になっているに違いない。

フィアスはじんわりと汗をかいた額に柔らかな髪を貼り付けながら、うんざりといった様子で近くにいる幼馴染に声をかけた。

「……ねえ、ラス、暇ぁ」

「……わふぅ」

律儀に声を返すのは、銀白の毛の大きな狼。

フィアスが物心つく前から一緒に過ごしたラスは、赤い瞳を気だるげに上げて彼女を見やる。

反応があったことを見て、フィアスはなおも彼に訴えた。

「暇、暇、暇だってば、ラス。どっか行かない？　連れて行ってよ」

「わううぅ」

「ん？　どこに行くのかって？　そんなの、どこでもいいよ。とにかく、どこか！」

「わふ、わうう！」

「えー。でも、暇じゃない。ね、ラスも暇でしょ？　いいじゃない、どこか連れてってよ。ね、お願い！」

どこかちぐはぐな二人のやりとりだが、互いの意思は伝わっている。

ティーリことアルティリエなどの樹霊族ならば、獣との意思疎通の術を体得している。

しかし、フィアスはそんな手段を身につけていない。

では、なぜ意思の疎通ができるのか？

それは力を得たラスの知恵によるものなのか、それとも長年の間柄からくる、ラス限定で働くフィアスの察知能力なのか、はたまたテレパシーのような力が働いているのか。

理由はわからないが、意思は現に通じている。

二人はそのことに疑問を抱くことなく、会話を続ける。

「わう、わふ、わうう」

「今日は母様が出かけるから、留守番してるように言われたって？　大丈夫だよ、少しなら。ジュリオだっているんだし、ラスもこんな狭い部屋に閉じこもってないで外に出たいでしょ？」

ラスは体は大きくとも、まだまだ子供だった。部屋でじっとしているよりも、外を駆け回りたいと思っているのは事実だ。

だからラスは否定できず、フィアスから目を逸らし、小さく唸る。

言葉よりも雄弁に語る態度を見て、フィアスは顔を輝かせ、大きく手を叩いた。

パンッと綺麗な音が響いたあと、フィアスは宣言する。

「ほらー！　じゃあ、決まり！　とりあえず、ちょっと山の上まで行って涼もうよ！」

我が意を得たり。

早速とばかりに、フィアスはラスの背中に飛び乗り、ぽんぽんとラスの頭を叩いて急《せ》かす。

ラスは息を吐いて立ち上がった。もう知らないよと言わんばかりの目を、己の背に乗っている少女に向けながら。

フィアスはラスのそんな視線を気にもせず、ただ笑みを浮かべているのみ。

そしてラスはフィアスを背に窓から外に飛び出し、空へと駆け上がっていく。

その姿は夏の光を浴びて、まるで宝石のようにキラキラと輝いていた。

畑仕事をしている農家の人や、湖で漁をしている人々を見下ろすが、誰も二人の姿に気づかない。

あっという間に景色は過ぎ去っていく。

フィアスはラスと一緒に、色々な場所を巡った。

森の中を歩いて、木の実を探して食べた。

木々の間を流れる小さな沢で、喉を潤した。

温泉の湧いている川辺で足を温めたり、雪の残る山にも登ったりした。

ただ、その山はラスにとっては気持ち良いものだったが、フィアスにとっては違った。涼しいどころか寒さが厳しく、彼女はすぐに帰ろうと言い出した。

高い山の切り立った崖の上で、二人はぼうっと景色を眺める。

レイナル城と湖が遥か彼方に見え、光を受けて煌《きら》めいていた。

フィアスは寝そべっているラスにもたれかかる。

「……ねえ、ラス。兄様は今どうしてるのかな？」

「わふ？　わうう」

「あはは、そうだね。ラスにわかるわけないよね」

ふと思い出すのは、自分の兄のこと。もう一ヶ月以上も会っていない。

幼い頃から一緒に育った兄と、ここまで長い間離れるのは、フィアスにとって初めてのことだった。

「……ミミアも兄様のこと心配してた」

「……わうう」

「ティーリさんだって、みんなそうだよ。兄様に会いたがってる。ラスだってそうでしょ？」

「わう！」

「うん。そうだよね……私も」

「わふ……」

同意を得られたのを確認して、フィアスは立ち上がる。

「だからさ、ラス」

「うう？」

伸びをするフィアスは背を向けているため、ラスから彼女の表情は見えない。

だが晴れやかに言い放たれたその言葉に、ラスは少し不安になる。

振り返るフィアス。そして、ラスの予感は的中した。

「これから兄様の様子を見に行こうよ！」

ただでさえ留守番を放棄して、こんなところまで来ているのだ。さらにこれ以上、それもレイナル領を出るだなんて、城の人にばれたらどうなることか。

ラスはかつてアランがその母マリアに叱られているのを、何度も見ている。それはフィアスも同じはずだ。

「わふ！　わうわう！　わふん！」

それはまずいとラスは訴える。

「え？　大丈夫だよ、ラス。それに、もしばれるんだったら、今帰っても兄様に会ってから戻っても同じでしょ？　他の人に、私達がどこに行ったかなんてわからないんだから」

「わううう……？」

何となく違うような気もするし、しかしフィアスの言うことにも一理あるとも思える。

「そうそう、大丈夫！　それに、母様だって兄様を心配してるに違いないもの。兄様の様子を報告したら、よくやったって褒められるかもしれないよ！　うん、きっとそう。だから行くしかないよラス。ね？」

「わふ……わふ！」

「でしょ⁉　だから行こうよラス！　兄様のいる、王都まで！」

フィアスの言い分にラスはそうかもしれないと思い始め、ついには陥落した。

彼もまた長く会っていない自分の相棒に、会いたいと願っていたのだ。

「じゃあ行こうよ、ラス！」

「わう！」

そして二人は崖から飛び立ち、一路西へ。

アランのいる、王都ダオスタへ向けて。

後で待ち構えているマリアの説教を恐れることなく、ラスはフィアスを背に、太陽の沈む方向に駆け出していくのだった。

†

ダオスタからレイナル領へ向かう街道の途中には、温泉を名物としている宿場町ニジェがある。

この街道はニジェを基点に、北へ行けばステッジ王国へ、東へ行けばレイナル領へ、そして南に進めば山を迂回してグラントラム王国の東に位置する帝国に行くことができる。

街道を外れると深い森が広がっており、危険な獣やゴブリンなどの亜人が棲息しているのだ。

整備された安全な道であるが故に、この街道を利用する人は多かった。

その街道を少し外れたところで、森の木々が深い場所を避けながら、多くの人々が東を目指していた。

人々は大きな荷物を背負い、小さな馬車に荷物を山積みにして進んでいる。

男に女、子供や老人の姿もあり、彼らには共通する特徴がそれぞれに備わっていた。

それは獣の目や耳。毛皮に尾。

そう、彼らは獣人。ムーダンの計画のもと、ダオスタから逃げ出してきた獣人達である。

東へ進む彼らの目的地は、帝国。この国と帝国の国境にある、要塞に向かおうとしているのだ。

「急げ！　このまま森を抜ければ、すぐに帝国だ！」

その集団の先頭を行くのは壮年の男で、彼は人々を奮い立たせようと声を張っている。

急がせている理由は、この森が危険だからに他ならない。

実際、森に入ってから獣やゴブリンの襲撃に遭い、少なくない人々が死んだ。

皆それを見て恐ろしさが身にしみているため、少しでも早くこの森を抜けたいと願っていた。

帝国に行けば、奴隷ではなくなる。

奴隷でなくなれば、財産を持てる。子供と離れ離れになることもない。食事だって自由に、腹いっぱいとることができる。鞭《むち》や棒などでぶたれることもない。

生きるための道はこれだけだと、誰もが信じて歩んでいた。

丁度木々が途切れた場所に差し掛かり、今夜はこの場所で夜営を行おうと、先頭の男は足を止めて辺りを見渡す。

ようやく休息が取れると、誰かがほっと息をついた。

焚き火に食事の準備、寝床の用意がせわしなく進んでいく。

子供達は歩き疲れているはずなのに、大人達が目を離した隙を好機と見て、精いっぱい遊んでいる。きっと子供達の寝つきは、今夜も恐ろしく良いだろう。

ふと、誰かが空を見上げた。そこに何かを見つけようとしたわけでもなく、ただ何となくの行為だ。

「……あれ？」

「おいどうした、空なんか見上げて」

つられて空を見上げる、焚き木を抱える男。

「あれだよ、あれ。なんだろう？」

「あれ？」

「なんだ、どうした？」

空に何があるのかと、次々に周囲の人が見上げていく。

指差された先には、夕日によって彩られた雲と、グラデーションの美しい空。

「本当だ。何か光ってるな」

そこに、銀色に光る何かを見つけたのだ。

それは少しずつ近づいてきていた。

「すげえ！　銀色の狼だ！　空を飛んでるぞ！」

目のいい誰かが言った。

空を駆ける、銀色の狼。

いったい何を寝ぼけているのかと、それを聞いた大人達は嘲《あざけ》る。

だが、誰もが視認できる距離にまでになったとき、笑っていた人々の口は閉ざされた。

空高くから森を見下ろすフィアスとラスは、わずかに開けた緑の窪みに多くの人がいるのを見つけた。

「ねえ、あれって、人だよね？　なんだかいっぱいいるね」

「わう」

「でも、なんで街道を通らないんだろね？」

「わうう……？」

二人は、彼らがここを通らざるを得ない理由を知らない。

二人が街道から逸れた森の上を進んでいるのは、人目につくのを避けるためだ。

まさか自分達と同じ理由だとは露《つゆ》知らず、フィアスはラスに話しかける。

「なんだろう？　きこりの人達……にしては、多すぎるし。どうしよう？　このまま行くと、見つかっちゃうよね？」

「わふわふ」

「え？　もう見つかってるって？　そんなまさか……って、本当だね。こっち見て指差してる……」

時すでに遅し。

フィアスは自分達を指差す人々の姿を目にしていた。

ただ、獣人達は銀色の巨狼に意識が行きすぎて、フィアスのことまでは認識できていなかったのだが。

そんな最中、ラスは森の中にあるものを見つけた。

「わうっ‼」

「うわっ？　何？　どうしたの、ラス」

自分達の真下に動く影が見えた。あの緑の窪みにいる人々に向けて、足早に森の中を進んでいる。

フィアスもラスの視線の先に目を凝らして、ようやく気づいた。

「あっ！　あれって、ゴブリン⁉　大変！　あの人達のところに向かってるよ！」

「わふ、わう！」

「うん、そうだね。やっつけないと、あの人達が危ないもんね！」

それからの二人の行動は速かった。

ゴブリン達の進行方向に先回りし、一気に森へと降り立ったラスは、風の術で周りの木々ごとゴブリンを切り刻んでいく。

フィアスは母親仕込みの法術で、逃れたゴブリンを叩いていった。

ものの数分で、辺りは更地となった。

ゴブリンの死骸は風に飛ばされ、森のどこかに落ちている。やがて獣や虫がそれを食べ、土へと還っていくだろう。

「ふう、じゃあ、先を急ごうよ、ラス」

フィアスが一仕事を終えたすがすがしい気持ちでラスに言う。

しかし、ラスは首を縦に振りはしなかった。

「わうう」

「えー？　もう帰るって、なんで？　まだ王都まで行ってないのに」

「わう、わううう、わふ！」

「あ、もう日が暮れちゃうって？　そっか。じゃあ、しょうがないよね。また今度かあ」

森の木々の隙間に見える空を見れば、もう太陽は西の空に沈もうとしている。今から帰ればギリギリ夕飯の時間には間に合う、そんな時間だった。

「帰ろ」

「わう」

そうして二人はレイナル領へと帰っていく。

その先に、いつの間にか姿を消している二人に気づいたマリアの説教が待っていることも知らずに。

「今日の夕ご飯は何かなー？」

「わふわふ」

「ふふっ。そうだね、美味しいものならいいなー」

ただ、暢気《のんき》に二人は元来た道を進むのだった。

†

空を駆ける銀の巨狼が森へと降り立ったと思ったら、すぐさますさまじい爆音が響いた。

大地が震え、大気が悲鳴をあげているかのような、破壊音。

それが収まるのにそれほど時間はかからず、そして収まったと思ったら、銀の巨狼はまた空へと駆け上がり、山の方へと帰っていく。

何が起こっているのか、人々にはわからなかった。

男が数人、爆音のあった場所へと向かい、広がっていた光景に目を見開いた。

森の中に、広大な更地ができていたのだ。

木はなぎ倒され、地面は均《なら》され、岩一つさえ見当たらない。

更地の端のほうに目を移せば、一塊《ひとかたまり》にされた、折れた枝や岩があった。葉をつけたままの生木が多いが、焚き木に使えそうな枯れ枝も含まれている。木の実をつけたままのものもあった。

場所に、資材。まるで、ここで夜営をしろといわんばかりだ。

すぐさま男達は皆を呼び寄せた。

そこは数百人の獣人達全員がテントを張っても、なお余裕があるほど。

突如降って湧いた奇跡に、人々は思う。

あれは、神の御使いだったのではないか。自分達を導きにきたのではないか、と。


「……だが、あの狼は山に向かって行ったぞ。あっちは帝国がある方角じゃない」

「だからこそだ。神の使いは、俺達が進む方向が間違っていると教えに来てくれたんだよ！」

「そうだ！　きっとあの御使いは、俺達に道を示しに来てくれたに違いない！」

「御使いが去られた方角へ向かうべきだ！」

「そうだ、きっとそうだ！」

意見は割れた。このまま当初の予定通り、帝国へ向かうべきだとする者達と、神の御使いの去った方向へ行き先を変えるべきだとする者達。

「……では、ここで別れよう。明日までにどっちに行くか、それぞれ考えを決めておいてくれ」

彼らに時間はない。だから、それぞれの考えで行動するよう、選択肢が与えられた。


翌朝、獣人達は二つに分かれた。

だが、その比率には格段の差があった。

およそ十対一で、ほとんどが当初の予定通り帝国へと向かうことを選んだのである。

帝国は、自国に来た際には獣人を市民として扱い、住居及び三年分の生活費の支給を行うと約束してくれた。

神の御使いは確かに来たが、その意味は窺い知ることができないでいる。

ならば、手堅い幸せが約束されている帝国へ行こう。そう考える者が多かったのだ。

朝の日の光は平等に降り注ぐ。

自らの行く末を決めるとき、何に重きを置くのかを彼らは問われた。

しかし、多くの人は目に見える確実なものを信じた。

神か、それとも目に見えるものか。

彼らの運命は、ここが決定的な分岐点となった。

†

「――いよいよか」

地上の光など一切届かない地の底に、唸り声が木霊する。

「……本当に、我々を？」

玉座に向かい跪《ひざまず》いているのは、普段は頭に被っている布を決して外さない獣人の男。

「本当だとも。愚かなる人間どもから、この地を取り戻した暁《あかつき》にはな」

獣人の男に、重みのある尊大な声が答える。

「王様ですもの、約束は守るはずですわよね」

尊大な声の隣で甘ったるい声が響き、それを諫《いさ》めるような鋭い声が飛ぶ。

「当たり前ダ。王を疑うのカ」

石の玉座に在《あ》る王。

前では鋭き槍を携える家臣が控え、脇ではローブで姿を隠した女が玉座に手をかけている。

獣人の男は目の前の王と周囲に目を這わせ、恐怖に体を震わせた。

「今見ているものが、お前の力にならぬと？　それとも、これでは頼りないか？」

「いえっ、決してそのようなことは！」

彼を囲んでいるのは、骨を打ち鳴らすスケルトンの兵士達だった。

目には赤い光が灯り、その数は計り知れない。

「救おうではないか。大いなる王の慈悲のもとに」

「……慈悲？」

「生から解き放ち、我と同じく、永遠の命となるのだ」

王は宣言する。

「行くぞ！　我らの地を取り戻しに！　祈りを神に届けよ！　我らに勝利があらんことを！」

咆哮が空気を震わせる。

それに呼応して、スケルトンは骨を一斉に打ち鳴らした。

王都の地下に、人知れず鬨《とき》の声があがった。

†

「ムーダン！　おかえりなさい！」

現れた男を迎えた女は、嬉しそうにその名を呼ぶ。

流民地区のとある部屋の中で、彼らは再会を果たした。

女の姿を認めたムーダンが歩み寄る。

「スサナ。戻っていたのか」

「ああ。色々と危ない目に遭ったけど、なんとかな……」

スサナはそう言うと、申し訳なさそうな表情をして俯いた。

ムーダンはそれに気づき、彼女の顔を覗き込む。

「なんだ。どうした？」

「ごめん……ムーダンから預かった、あの黒い玉。変な女に盗られちまった」

「……そうか。だが、お前が無事ならそれでいい」

ムーダンは少し黙った後、優しく声をかけて肩に手を置いてくれた。

その彼の手から温《ぬく》もりを感じ取ったスサナは、気持ちをわずかに持ち直す。

しかし、同時にスサナは気づいた。ムーダンの手が震えていることに。

決意のこもった目には、悲壮さが含まれている。

思い当たるのは一つだけ。

ついに、始まるのだ。

「……ついに、か？」

「ああ……。だが、お前はすぐに逃げろ」

「なんでさ！　俺も一緒に戦うよ！」

手を取り縋り付くが、ムーダンは頭を振る。

「頼む。お前は逃げてくれ。……同胞の命を、これ以上散らせたくはないんだ」

「……ムーダン。……わかった。……だけど！」

スサナは男の胸に飛び込んだ。

小さな腕で、ムーダンの体を強く抱きしめる。

「危なくなったら、お前も逃げるんだぞ！　絶対に、絶対に！」

ムーダンの身体の震えは、いつの間にか止まっていた。

彼は自分にしがみつくスサナの頭を撫で、穏やかな声で告げる。

わかった、と。

スサナはわずかににじむ視界の中で、ムーダンの目を捉えた。

「……信じるからな」

「ああ」

その後、二、三の言葉を交わして、スサナはムーダンのもとを立ち去った。

彼女ならば、無事にここから離れることができるだろう。

安堵の息は、心の中で吐いた。

なぜならば——。

「なかなかに胸を打つ場面でしたわね」

この女が側《そば》にいたからである。

女の唇は、真っ赤な紅色をしている。まるで血のようだと、ムーダンは思った。

「……言っておくが――」

「問題ないですわ。鼠《ねずみ》が一匹逃げたところで何もできないでしょう？　……ああ、薄汚い鼠はここにもいましたわね」

言葉を遮られ、こちらを嘲る女の声に拳を作るムーダン。

――この女にとっては、俺の存在も取るに足らないということか。

ムーダンは思う。

――いや、俺達獣人の存在も、こいつや、あの王も……。

王の棺を偶然見つけたとき、その声は言った。

復活せし王のもとに、お前達の楽土は約束される、と。

その言葉を信じてここまでやってきた。

棺と共にあった財宝を使って各国と交渉を行い、獣人を助けようとした。一旦戦地となるこの街から離れさせ、王がこの地を支配した後に、また呼び戻せるように。

だが、あの異形の魔物と復活した王を目の当たりにして、夢見た未来を信じることは最早できなくなった。

慈悲、そして永遠の命。

その意味するところは、死だ。

いや、死してなお、安息を与えられたりはしないだろう。あのスケルトンを見れば、それは明らかである。

嘲る女は、何の反応も示さないムーダンに飽きたのか、自らの影に潜って姿を消した。

ムーダンの目は、スサナの閉めたドアに向けられたままだった。

第六章

「お待ちしていました！　アラン様！」

「フランチェスカ様も、お変わりなく」

シガンシン遺跡から這い出て、寝る間も惜しんでダオスタへと急いだ。

そして待ち受けていたのは、通りの建物に施された装飾に、むせ返るほどの熱気。歓迎ムード一色の騒がしい街と、キースとイエン——光の騎士団の二人だった。

二人はどこで情報を得たのか、俺達がダオスタの門をくぐってからすぐに現れた。

「アラン、俺は先を急ぐ。準備が出来次第使いをやるから、お前もすぐに来られるようにしとけよ」

そんな言葉を残して、父は軍に——ジョルジェット様のもとに戻った。戦力を整えて、王都の地下に潜るつもりだという。

「では、アラン様、フランチェスカ様、参りましょうか」

「ご案内しますよ」

俺もすぐにムーダンのもとに、いや、コノリのところに向かいたかった。

随分と王都を離れてしまった。人質にされている彼女が無事なのかどうか、確かめたい。

そんなとき、キースとイエンの案内の申し出を渋る俺のもとに、一羽の鳥が舞い降りる。

緑の羽の、綺麗な小鳥だった。

「おやっ？　アラン様、その鳥は？」

「なにやら足に手紙のようなものを持っていますね」

俺に、手紙？

小鳥から手紙を受け取り、目を通す。

「なんだか随分と簡素な手紙ね。紙も、ボロボロ」

手紙には、こうあった。

『私は無事です。心配しないでください。元気になった母といます』

文面はそれだけ。

彼女の字は見たことがなかったが、確信する。これはコノリの字だ。

無事で、しかも母といると書いてある。

どうやったのかはわからないが、おそらくコノリはムーダンのもとから逃げることができたのだ。

彼女の母親であるカトカさんは、元気になったらしい。虹石の効果が出たのだろう。

「……良かった」

安堵して、思わず息を吐き出した。

「……なにやら、ご心配事があったようですね」

「そしてそれは、ある程度解決したとお見受けします。これも全て、神のご加護によるものでしょう」

確かに、俺の一番の心配事はコノリのことだった。神様……彼らの言うように、この地を管理なさっているオメテクトル神様のご加護があったのだろうか。

その様子を見ていたフラン姉ちゃんが言う。

「……アラン。じゃあ、彼らの申し出を断る理由がなくなったってことよね？」

二人の光の騎士は、期待に目を輝かせている。

父からの使いはまだまだ来ないだろう。

コノリからの手紙を運んできた小鳥に手紙を預け、俺はさっきとは別の意味で、息を吐き出した。


荘厳な姿をした天使と、それに踏み潰《つぶ》されている悪魔。

逞《たくま》しい体の聖人と、美しく優美な聖女。

祈りを捧げる人々の姿。天上の神々。

そんな光景が溢れていた。

それらは、絵画、彫刻、水晶、ステンドグラスにモザイクタイルなど、様々なもので表現されている。

どれも歴史的、美術的な価値の高いものだろう。

このダオスタで一番の教会——ムレンダーグ大聖堂の光景に、俺は圧倒されていた。

広い礼拝堂には人が溢れている。全て神光教会の信者達だ。

「さあ、こちらです」

「教主様がお待ちです」

それを眺めながら、先導されるままについていく。

たどり着いた先にあった、磨き抜かれた大きな扉には、繊細な石の装飾が施されていた。

両脇には、それを守る光の騎士。

「……どうぞ」

扉が開かれた先に見えたのは、それまでの内装と比べてシンプルな部屋だった。

白一色の壁、優しい木の温もりを感じさせる天井。

大きな窓にかけられた白いレースのカーテンは、風に揺れている。

窓際には椅子が置かれていて、そこに座っている人物がいた。

「待っていたよ」

俺達はその言葉を発した人物に対し、すぐさま膝《ひざ》を折った。

白の衣を纏い、姿勢を正してこちらを見やる老人。

絹だろうか。ローブに似た服に使われている光沢のある生地は、滑《なめ》らかに煌めいている。袖口は大きくとられ、そこに美しくも複雑な紋様が刺繍《ししゅう》されていた。

足元は汚れ一つない、シンプルなビロードの黒の靴。

短く整えられた頭髪はグレー。もともとの髪の色と白髪が混じった結果なのだろう。

その尊老は、それまで読んでいた本を膝に置いて目を細める。

そう、彼こそが第二百十七代神光教会教主——聖フェリクス・フィデリース・ラグル・フラーム七世だ。

「そう畏《かしこ》まらなくとも良い。顔をお上げなさい」

穏やかな言葉に従い、顔を上げる。

「猊下《げいか》におかれましては、益々ご壮健にあられ心よりお慶び申し上げます。私は現グラントラム国王ハール・リストスクル・フルテス・グラントラム殿下の家臣、ジョルジェット・カッティーニが娘、フランチェスカにございます。この度は私どもに対してお声を賜り——」

「——長ったらしい挨拶は必要ないよ。それよりもお会いすることができて嬉しい。この国の英雄のご子息。さらには精霊の乙女に、是非ともお目にかかりたくてね。我がままを通させてもらったのだよ」

フラン姉ちゃんの挨拶を遮り、教主様が笑みを浮かべる。

教主様は、俺達に対しても随分と腰の低い話し方をするお方だった。

この大陸唯一の宗教とも言える神光教会。ここグラントラムでも、ほとんどの国民が信者だ。そのトップといえば、小国の王族よりも身分は上である。

有無を言わさぬような、もっと傲慢《ごうまん》な人物を想像していた。

だが実際は真逆。正直、戸惑った。

それはフラン姉ちゃんも同じだったようだ。

「あ、あの。大変失礼ですが、本当に貴方が聖フェリクス・フィデリース・ラグル・フラーム七世様……なのですか？　そ、その……」

「ははは、本当だとも。人前ではもっと偉そうにしていることが多いから、驚いたかね？　私が聖フェリクス・フィデリース・ラグル・フラーム七世本人だ。そうだ、もっと気軽にフェリクス爺《じい》とでも呼ぶと良い」

「そそ、そんな畏れ多いこと、できません！」

「そうか、残念だね」

そう言って肩を落とす仕草も、ちょっと気さくなお爺さんという感じで、教主のイメージとはかけ離れている。

「あの、それでなぜ我々などと面会を望まれたのですか？」

礼儀がなってないのはわかってる。本当はもっと前口上などを述べてから本題に入るのが、この国の貴族の正しい話し方とされているのだから。

いきなり問いかけた俺に、教主様は気分を害しただろうか。

「おお、そうだった、そうだった」

心配になったが、杞憂《きゆう》に終わった。フェリクス様は何も気にされていない様子で、その理由を告げる。

「実は、アラン君、君に興味が湧いてね。是非とも会ってみたくなったのだよ」

「俺に、ですか？」

一体なぜ？　俺は目立つことは避けていたはず……いや、実際は随分と目立っていたかもしれない。

思い返してみれば、このダオスタに来てからの短い期間に色々とあった。

剣闘大会に、冒険者活動、そしてパウーラでの亜人退治。

だが、どれも俺だけで成したことではない。特にパウーラでは、フラン姉ちゃん達のほうが目立っていたはずだ。

「単刀直入に問われたから、私も同じように聞くとするかな」

フェリクス様は言った。

「アラン君、君は『王人』なのかね？」

「――え？」

王人――オメテクトル神様は、確かに俺のことをそう呼んだ。

授かった本には、王人とは神に選ばれた、人を導く存在だと書かれていた。

どう答えるべきかわからない。王人が人を導く役ということなら、目の前のフェリクス様こそがふさわしい。今現在その地位にいて、それを為しているのだから。

だけど、嘘はつけない。迷った末に、俺は事実を告げる。

「……はい。そう呼ばれたことがあります」

嘘をつくのは簡単だ。だけど、それは俺を王人と言ったオメテクトル神様を否定することに繋がってしまう。

「やはりか」

「ですが、なぜそれを？」

「私は書物を読むのが趣味でね。その昔、今の名をいただくまでは、とある教会の司書を務めていたのだよ」

「フェリクス様が、司書ですか？」

「そう。別に誰かを救ったことなどない、ただの本好きな青年だった。だが――」

そんな青年がある日、生まれ変わった。

立場が変わり、名前が変わり、親が変わった。

神光教会の教主として。

神光教会の教主は、神の意思によって決まるという。

実際の選出は、いくつかの試験によって行われる。

そのうちの一つが、候補者の名前が書かれた紙をいくつも用意し、それをあらゆる場所から解き放って風に乗せるというもの。神の御座に近いものが教主たりえるとされ、つまりは教会に最も近い場所まで紙が運ばれた者がふさわしいとみなされるのだ。

同じように、候補者の名前が書かれた紙を川に流し、一番遠ざからなかった者は誰か、木札を用意し、最後まで燃え残った者は誰かなど、いくつもの方法で神の意思を問うのだという。

まさに、神の御心により白羽の矢が立つということだ。

一説によれば、白羽の矢とは人身御供に選ばれた人の家に立てられるもの。要は生贄《いけにえ》だ。

それを口にしたフェリクス様は、言い得て妙だと笑う。

……でも、それと俺が王人だという話と、何の関係が？

「この立場になって、教会秘蔵の書物を読むことができるようになった。もともと本好きだった私は、書物を読み進めていくうちに、いつしかそれを研究することが趣味になり、生涯の課題となった。私が特に研究に力を入れたのが、王人と呼ばれた者について。かくいうこの神光教会の初代教主であるアマテラウス様は、王人であったという」

初代教主、アマテラウス様。

その名前だけは聞いたことがあった。色々な神話で活躍する英雄の名前だ。神様として、奉《たてまつ》る人もいると聞く。

フェリクス様はそんな王人という存在に興味を持ったのだという。

「その書物の中に、王人に関する色々な逸話があったのだよ」

曰く、王人は神の力を与えられている。その力は浄《きよ》めの力であり、火神の力でもなく、水神の力でもない。それは王人自身が持つ神の力である。

王人と共にある者は彼から力を与えられ、王人の助けとなる。

――そんな話が書かれていたそうだ。

パウーラでのことが、俺に興味を持つきっかけだったらしい。

突然、精霊の乙女として目覚めたフラン姉ちゃん達。

さらに調べてみれば、英雄とされる父と、王宮法術師として数々の功績をあげ続ける母。

そして剣闘大会では、怪物となったテスタムを不思議な力で元の姿に戻した。

いくつもの逸話が、俺に重なったという。

「……確かに、前にアランが私にしてくれた話、そのままね」

そういえば、フラン姉ちゃんには俺の力のことを話していた。

フェリクス様の言う書物の中の王人の逸話は、俺に似ているところが多々ある。

神の光で邪悪なものを退けたり、他人に力を与えたりと、そっくりだ。

「こうして、君の目を見て確信した。その瞳の金の筋。それこそが王人の証」

俺の眼の中に走る、いくつもの金の筋。その昔、母はこの瞳を見て、霊力が高い印だと言っていた。だがこれこそが、俺が王人だという一つの証なのだという。

フェリクス様は、俺の目をじっと見つめる。

「そんな君に頼みがある。教会で飼われている哀れな『無垢の人』を、正しく導いて欲しいのだ」

そう、自らの願いを告げたのだった。


「——本当に、引き受けて良かったの？」

廊下を並んで歩くフラン姉ちゃんが、心配そうな顔で問いかける。

「うん。俺に何ができるかはわからないけど」

「でもそうしたら、光の騎士団に入らなくちゃいけなくなるのよ？　……あの騎士達の喜ぶ顔が目に浮かぶわ」

「あはは、確かに。でも、こっちのお願いも聞いてもらっちゃったから、仕方がないよ」

「本当に、お人よしなんだから」

呆れたような言葉とは裏腹に、彼女は微笑む。

俺が交換条件としてフェリクス様に求めたのは、差別の撤廃だ。

この国の現状については聞いているが、いかに教主といえども、どうすることもできない——フェリクス様は、そう言っていた。

なぜなら、神光教会の教主はあくまで象徴で、実権を持たないからだ。実権を握っているのは、各地の枢機卿《すうききょう》と呼ばれる人々である。

もともとは、地域ごとの風習や文化に合わせた柔軟な布教ができるようにという考えから、その土地にいる人物に裁量を与えるようになったらしい。

各地に派遣された神父は教えを自分の中で噛み砕き、人々にとってわかりやすいよう、それぞれに工夫して伝えていった。

伝える相手の目線に立って布教するという、素晴らしい行いである。

だが時間が経って蓋を開けてみれば、地域によって解釈の差が出ていた。

それは必ずしも良いことではなく、例えばこの国では人間こそが神に選ばれた種族だとされ、獣人差別が生まれてしまった。

教団も組織が肥大化し、各地で様々な派閥が生まれ、それを統制することができなくなっていった。

彼らが教主に望むことは、一つだけ。それは組織を引っ張るリーダーではなく、象徴としての存在であり続けること。清廉潔白で、自我を持たない操り人形だ。不平不満を言わず、ただ手を振っているだけの。

だが、一般の信者からすれば、教主はやはり特別な存在だ。

教主の言葉には、多くの人が耳を傾ける。フェリクス様の発言の影響力は、計り知れない。

「アラン！」

教会の敷地を出たところで、俺の名前を呼ぶ声が聞こえた。

振り返ってみれば、そこには手を振っている友人の姿があった。

「カサシス、お前も教主様のところにいたのか」

「そうや。結局あのあと、光の騎士団にいる兄貴とずっと一緒やったんや。んで、教会からアラン達が出てくるのを見ててん。やっとこ逃げ出せたわ……しんどかったわ、ほんま」

自分の肩を揉んでいるカサシスには、いつもの元気がない。

俺は苦笑しつつ、背中を軽く叩いて労《ねぎら》った。

ありがとな、と力なく笑うカサシス。

聞けば、パウーラから光の騎士団に交じって行動を共にしていたというカサシス。

兄に会いに行ったはいいものの、そのまま光の騎士団に仮入隊させられてしまったらしい。

朝は早く、夜は遅く。食事も制限され、娯楽もない。訓練はそれほどきついわけではないが、所謂《いわゆる》軍事教練は少しでも周りと歩調が狂えば合うまで延々とやり直し。

幸い年の近い騎士が多くいて話は弾んだようだが、それよりも慣れない団体行動に随分と気苦労が多く、精神的に休まる暇がなかった。何せ、自分の兄が監視役として、ずっと目を光らせていたのだから。

サージカント家の家督継承権第三位のその兄はカサシスにとって腹違いの兄弟だったが、幼い頃はよく遊んでもらっていたという。

「あはは、お疲れ」

「確かに、それは疲れそうね」

どこか煤《すす》けて見えるカサシスの姿。

だが、カサシスの受難は終わっていなかったようだ。

「ほう……逃げ出せたと思っていたのか」

「げえっ！　兄貴⁉」

突然カサシスの襟元《えりもと》が掴まれたかと思ったら、物陰から一人の騎士が現れたのだ。

「げえっ！　とはご挨拶だな。まあいい、用事があるのはお前ではないからな」

「……んえ？　どういう意味や？」

彼は俺達に目を向け、向き直る。

「はじめまして。アラン・ファー・レイナル殿、フランチェスカ・カッティーニ嬢。私はハロルド・ヴァルク・サージカント。光の騎士団教導隊副隊長を務めている者だ」

ハロルド・ヴァルク・サージカントと名乗ったその騎士こそ、光の騎士団に所属しているという、カサシスの兄だった。

「はじめまして。いつもカサシスには世話になっています」

「お初にお目にかかりますわ」

ハロルドさんは、カサシスにあまり似ていなかった。腹違いと言っていたから、当然といえば当ハロルドさんの目は鋭く、獰猛《どうもう》な猛禽《もうきん》類……鷹《たか》のようだ。

鼻筋が通っているのは同じだが、わりと細めな形のカサシスに比べて、ハロルドさんは横幅があった。

唇は厚く、眉毛は太い。一言で言えば、『濃い』顔の人だった。

まあ、とはいえ男らしい雰囲気の美丈夫に変わりはないのだが。

「この国で話題のお二人だ。しかもカサシスの知り合いだというので、挨拶だけでもと思ってな」

「そ、そやったんか。でも、兄貴も忙しいんやし、さっさと戻ったほうがええんとちゃう？」

「まるで私に早く去って欲しいみたいな口ぶりだな」

「い、いや、そんなことないねんで」

カサシスの目は明らかに泳いでいたが、ハロルドさんにそれ以上追及する気はないらしい。

「フッ、まあいい。それよりもカサシス。わかっているな？」

ハロルドさんが含みのある目をカサシスに向けると、カサシスは無言で頷いた。

家の事情か何かだろう。あえて詮索《せんさく》することはしない。

「さて、お二人とも。もし良かったら、今度我が家に遊びに来るといい。では、失礼」

そう言い残して、ハロルドさんは教会へと帰っていった。

カサシスは俺達に背を向けて、その姿を見送っている。

ハロルドさんの姿が人ごみに紛れ、深く息を吐き出すカサシス。

「……なあ」

俺達に背を向けたまま、カサシスが問いかけてくる。彼にしては珍しく沈んだ声色だ。

「どうした？」

声をかけるが、カサシスは振り向かない。

「……カサシス？」

名前を呼んで、ようやく返答があった。

「あの、な。……今度、アランの家に、遊びに行っても、ええかな？」

何かと思えば、うちに来たいとは。そんなのお安い御用だ。

「もちろん、歓迎するよ。是非来てくれ」

「ほ、ほんまか？」

振り返るカサシスの嬉しそうな顔を見て笑う。

そんなことを聞くために、今の間があったのか。断られるとでも思っていたのだろうか。俺は、もっと何か別のことを言われるんじゃないかと身構えてしまったというのに。

「あ、私も行くわ。訓練にもなるし。いいわよね？」

「もちろんだよ、フラン姉ちゃん」

レイナル領までの山道は、これからの季節は深い雪で覆われる。

カサシスやフラン姉ちゃんにも色々と準備があるはずだし、来るにしても雪解けを待ってからになるだろう。

どんな場所を案内しよう。どんなものを用意しよう。

俺はその日が来るのを想像し、胸を膨らませるのだった。

†

父と合流するために城に向かおうとした時、ちょうど使いの人がやってきた。

その後、父やジョルジェット様と現状の情報を共有し、早速例の地下道に向かう。

地下道への入り口は、あの時と変わらず口を開けて待っていた。

暗闇に支配されたその中を、奥まで見通すことはできない。

「アラン、カサシス。お前達の情報が頼りだ。頼むぞ」

「わかりました」

「了解や！　任せとき！」

父に威勢良く返事をする。

先導者は俺とカサシスだ。

調査の時に使っていた地図は報告がてら冒険者組合に渡してしまったから手元にはないが、ある程度の地形は頭の中に残っている。

俺達がスケルトンと遭遇した場所。その奥にきっといるはずだ。邪神の力によって復活させられた、古の王が。

冷たい空気が首筋を舐める。

戦いの予感に小さく身震いした俺は、息を呑んで暗闇を睨みつけた。

「――異常なし」

「二班は散開。罠がないかを探れ。敵を発見したら即後退。本隊と合流を図れ」

「了解」

報告と指示が飛び交い、人が動く。

進む先の安全確保は彼らによってなされていた。総勢五十人を超える彼らは、父の部下であるダオスタの騎士達だ。

父の部下ならば全員が近衛騎士なのかと思っていたが、そうではないらしい。

むしろ近衛騎士は三人しかおらず、その他はみんな他の隊からの寄せ集めとのこと。彼らは父が希望者を募り、このダオスタに来てから鍛え上げてきた精鋭達なのだそうだ。

「それにしても、上のほうはジェットがなんとか抑えてくれて助かったな」

父の言う通り、お蔭でダオスタ軍が流民地区へ大規模侵攻を行うことはなかった。

ジョルジェット様が随分と尽力してくれたらしい。

もし侵攻が開始されていたら、コノリもどうなっていたことか。

何度か小競り合いはあったそうだが、獣人達は現在のところ流民地区にバリケードを設けて、そこに籠城しているようだ。

王の棺を持ち出したムーダン。

グレタの言では、その王はすでに復活し、力を蓄えているとのこと。

ムーダン達の狙いは何なのだろう。

戦うため？　それとも……？

「ジョルジェット団長のお姿を、私は間近で拝見していました。あの指揮はまさに神がかっておりました！」

「そうですね。人間業《わざ》とは思えぬまさに八面六臂《はちめんろっぴ》の働きぶりに、流石はヤン様のご親友だと感服いたしました！」

ジョルジェット様は、随分とその手腕を振るったらしい。

それにしても、神がかっていただとか、人間業じゃないなどという言葉が出ているが、まさか俺がジョルジェット様に使った光の祝福の影響なのだろうか？

まあ、それならそれで良い。少なくとも俺に与えられた力は、グレタやテスタムに与えられた邪神の力とは違い、不自然で歪なものではないのだから。

地上のほうは軍が見張ってくれているはず。それにフラン姉ちゃんをはじめとした藍華騎士団の精霊の乙女達もいる。

光の騎士団への通達も問題なく行われているそうだ。いざというときに教主様がこの王都から脱出できるようにと、準備がなされているとのこと。

俺達は、俺達の成すべきことに集中するのみ。

やがて、見つけた。探していた敵を。

スケルトンの兵は、シガンシンで見たのと同じだ。

そして、それに追いかけられている小柄な人影も――って、えっ？

「やっと出おったかいな。つか、あの追いかけられてる奴はなんやねん。おいアラン、変な顔しとるけど、どうしたん？」

その姿には、見覚えがありすぎた。

シガンシンで俺達の後をつけていて、あの戦いが始まるや否や、姿を消していた人物。

スサナである。

「はー……助かったぜ」

安堵の声を漏らすスサナは、床に座り込んでいる。

彼女を追っていたスケルトンの数は少なく、俺やカサシスが手を出すまでもなく父の部下達によって葬られた。

彼らは父から奴らの倒し方を学んだのだろう。実にスムーズに、それをやってのけていた。

「まさかこんなところでまたあいつらに追いかけられるなんて、思ってなかったぜ」

俺も、そのスサナの言葉には同感だ。

「スサナはなぜこんなところに？」

「……ムーダンを探しに来たんだ」

「ムーダンを？」

聞けば、ムーダンはスサナに逃げるように言い残し、ここに潜っていったのだそうだ。

古の王と足並みを合わせて一気に街に攻め出る計画を、ついに決行するために。

「……だが、それにしては妙だな」

「妙？」

父に言われ、スサナは首を傾げる。

「ああ。なぜお前は出口に向かおうとしていた？」

「っ！　そうだった！」

ハッとして、跳ねるように立ち上がるスサナ。

「助けてくれよ！　ムーダンを！　みんなを‼」

それからの俺達の行動は、これまで以上に迅速だった。

スサナの案内で、地下道を駆けて行く。

不思議なことに、途中でスケルトンが現れることはなかった。

やがて悲鳴が聞こえた。

地下道に反響し、その出所は定かではない。しかし迷いなく進むスサナについて行くと、次第にあるものが目に入ってきた。

「近いぞ！」

通路に転がっているのは、獣人達の死体。

その数は夥《おびただ》しいほどに多く、いくつもの体が折り重なって死を晒《さら》している。

新しい悲鳴が一つ聞こえた。そして通路の陰から現れた獣人は、背後から槍で刺されていた。

聞こえてくる悲鳴は大きくなるばかり。

それに近づいていると感じるのは、音の反響が少なくなくなっていったから。

そうしてたどり着いた先で目に飛び込んできたのは、スケルトンによって胸に穴を空けられた犬人の男、そして喉を貫かれた豚人の姿。

血の海をもがく猫人の女がスケルトンによって踏みつけられ、腹を切り裂かれていた。

壁は赤黒く彩られ、臓物がそこに装飾を施している。

そこはまさしく、地獄だった。

「父様！」

「おう！　全員、突入！　生存者を守れ‼」

「了解！」

父の号令で騎士達が抜刀し、武器を振るっているスケルトンに向かって行く。

隊列を組み、一斉に駆ける姿は圧巻だった。

「た、助けっ⁉」

「ひぃいい！」

逃げ出した獣人達が騎士の合間に潜り込む。

俺はその人達に治療を施しながら、状況を聞き出していた。

「あ、あいつら、いきなり襲い掛かってきやがったんだ！」

「ムーダンの奴は味方だと言っていたのに！　一緒に地上に出て人間達を倒してやろうって集まってるところを、いきなりだ！」

「おかしいと思ったんだ！　あんな化け物共が味方だなんて！」

「とにかく、あなた達はここにいてください。それでムーダンは、一体どこに？」

「この先だ、この先の玉座の間にいる！」

「こ、こんなところにいられるかよ！　俺は逃げるぞ！」

「あっ！　待って！」

治療が終わった途端、獣人達は一目散に逃げていく。

だが、脱出することは叶わなかった。

「ぎゃあああああ！」

悲鳴があがる。すでに敵がいないはずの場所から。

「なんやっ⁉」

逃げた先から、また俺達のいる場所まで戻ってくる獣人達。

その後ろには――。

「なっ！　あれは、獣人達やないか⁉　仲間割れか！」

「いや、違う！」

それは、およそ理性があるとは思えない行動だった。

武器も持たず、掴みかかって噛み付く。

噛み付いた獣人は、口からだけでなく、喉からも、胸からも血を垂れ流していた。

臓物を腹からこぼしている者もいれば、目玉が飛び出た者もいる。

「みんな、死んでる……死んでから蘇ったんだ」

「な、なんやて⁉」

逃げてくる獣人達の後ろから一人、また一人と現れる蘇った獣人達。

虚《うつ》ろな目をして歩を進めている。

「父様、後ろからも！」

「まじか。死んだばっかりの奴らも蘇って襲ってくるのかよ。前からの敵も、きりがねえ」

確かに、スケルトンは次から次へと湧いて出てきている。

騎士達は押されてはいないが、押しているわけでもないといった状況だ。

「アランの親父さん、敵の頭を叩いたほうがええんとちゃうか？」

カサシスの言う通り、敵のトップを倒してしまえば、スケルトンや蘇った獣人は力を失うかもしれない。

「そうだな。なら、少数精鋭でいくか。俺とアラン、カサシス。あとはトーレスとフルリオ、来い！」

「わかった！」

「おうさ！」

「はっ！」

「お供します！」

俺達の他に二人の騎士が選ばれ、残りの者は道を開いた。

そこを皆で駆ける。

「お、俺も行く！」

しかし、後ろから声がして一人がついてきた。スサナだ。

「スサナ、危険だ。ここに残っていたほうがいい」

「いやだ！　この先にムーダンがいるんだ！　ムーダンに会いに行く！」

「でも……」

走りながら渋る俺に、隣からカサシスが声をかける。

「まあ、ええんやないか？　やけど、ここからは自己責任やで！」

「わかってる！」

「ということで、行くぞ！」

先陣を切ったのは父だった。その後ろに俺とカサシス。殿《しんがり》は騎士の二人。真ん中をスサナが走る。

途中、敵が襲い掛かってきたが、スケルトンも蘇った獣人達も、剣を振るえば簡単に斬り裂き、砕くことができた。

敵の動きは単調だった。簡単なフェイントすらも使わない。

「数だけは多いな！」

「でも、少しずつだけど減ってきている気がする！」

「せやな！　そんな気ぃするわ！　気のせいかもしれへんけどな！」

父と俺、カサシスはそんな会話をしつつ、敵を蹴散らしながら進む。

しかし、それは間もなくして終わった。

たどり着いた場所にあったのは、一つの扉。

俺達は頷きあい、扉を蹴破る。

そこは玉座の間だった。

円形の広い部屋の中に、燭台《しょくだい》の火がいくつも揺らめいている。床は磨かれており、蝋燭《ろうそく》の炎が反射していた。

部屋の縁には何本もの柱がある。天井は半球状になっており、その中心にもまた、多くの蝋燭の火が灯された巨大なシャンデリアがあって、広間を照らしている。

部屋の中央を通る階段状にせり上がった道の先には、石でできた玉座。

「……来たか」

俺達の姿を認めて、玉座の人物が立ち上がる。

その影は大きく、偉容を誇っていた。

立派な鬣《たてがみ》と、鋭い瞳。大きな口には、鋭い牙が並んでいる。

上半身に衣服は纏っていない。鉄なのか銀なのかは遠目からではわからないが、腕や首に装飾品があるだけだ。体は引き締まり、筋肉の鎧を纏っているかのようである。

前世では、しばしば獣の王として讃えられていたその存在、ライオン。

獅子人とでもいうのか。それこそが、古の王の正体だった。

威圧を感じ、その場にいる全員が思わず身構えた。

父が手で皆を制し、一歩を踏み出す。

「お前が親玉か?」

「そうだ。我こそが大ヴォモス国の王である。この時代の英雄よ、名乗るがよい」

「俺か？　俺の名前はヤン・ファー・レイナル。赤火のヤンって言われてるもんだ」

「ふむ。では、赤火のヤン。始めようか」

王が両手を広げると、どこからともなく影が二つ降り立った。

そして、さらにスケルトンが柱の影から湧いて出る。

「まずハ、前座を務めようゾ」

「……覚悟しろ」

降り立った影は、二つとも見知った顔だった。

「おうおう、誰かと思えば、ザジンバーだったたっけか？　それと――」

「ムーダン‼」

スサナが叫ぶ。

そう、もう一つの影は、二本のナイフを両手に構えたムーダンだったのだ。

「スサナ……逃げろと言ったはずだ」

「お前が心配だったんだ！　ムーダン、なんでそっちにいるんだよ！　そいつは仲間達を‼」

「知ってるさ」

「なっ⁉」

スサナの顔が驚愕に染まる。

「俺も、力を与えられた。だからあいつらも……死んで生まれ変わって、それで力を得たはずだ」

「そんな！　そんなの‼」

目に涙を浮かべ、ムーダンに近づこうとするスサナ。

ムーダンはスサナを見据え、静かに諭す。

「……どいていろ。お前との話は後だ」

「ムーダン‼」

なおも進もうとするスサナの肩を掴んで、俺は首を横に振った。

父は、さらに一歩踏み出してムーダンに問う。

「……戦うつもりということか？」

「ええ。貴方にも協力してもらった恩はあるが、王のそれとは比べ物にならない」

「そうかい」

そのやり取りを最後に、戦いが始まった。

「アラン。お前は例の力の準備を。それまでは俺達が抑える」

「はいっ！」

「アラン、時間稼ぎは任せとき！　お前はあんときみたいなん、頼むで」

「我々が、あの骨どもからお守りいたします！」

「ええ、お願いします！」

父とカサシス、それに二人の騎士が俺を守るように位置取り、武器を構える。

群がるスケルトンはトーレスとフルリオがなぎ倒し、俺に近寄らせない。

彼らは父が選抜しただけあって、かなりの実力者だった。

トーレスさんの戦闘スタイルは、その大柄な体躯《たいく》を生かした、パワー型だ。

カサシスの剣よりもっと大きく長い大剣で、まるで草でも刈るかのように、一度に何匹ものスケルトンをなぎ払っている。

フルリオさんは、俺と戦闘スタイルが似ていると感じた。

強化術を応用した歩法で相手の懐に飛び込み、スケルトンの頭部を砕いている。

フルリオさんが放ったのは、疾風斬り。父の得意とする技だ。名前がつけられているとは知らず、俺も剣闘大会で使ったあの技である。

彼はトーレスの攻撃から逃れたスケルトンを、個別に撃破している。

二人の実力ならば、心配なさそうだ。

それを確認した俺は、光の剣を顕現させるために意識を集中する。

「なんや、お前みたいな鹿の獣人、初めて見るわ」

「貴様のその剣……。まタ、炎カ」

「ん？　そうや、かっこええやろ」

「それは否定しないガ」

カサシスとザジンバーが交差する。

ザジンバーの突きをかわしつつ、カサシスは剣を振るい牽制。

大きく右に動いたカサシスは回転しながら、後ろ向きに剣を大きく振るう。

胴を狙った攻撃だったが、ザジンバーは槍の柄でそれを受け止めた。

床を蹄《ひづめ》で削り、後退するザジンバー。そこにカサシスが追い討ちをかける。

何度か同じような攻防が繰り返されたが、互いに決定打は与えられなかった。

カサシスができたのは、ザジンバーの肌を焼いたのみ。だがそれも動いているうちに、すぐに治ってしまっていた。

業《ごう》を煮やしたのか、ザジンバーが大きく後退し、姿勢を低くして槍を引いて構えた。

一瞬の溜めのあと、ザジンバーが床を蹴る。

鋭く強烈な突きが繰り出され、槍は一瞬のうちに最高速度に達する。当たれば、ひとたまりもないだろう。

次の瞬間、破片が激しく飛び散る。槍は床の石を砕いただけで、カサシスを貫くことはなかった。

跳躍してそれをかわしていたカサシスは、脳天から剣を振り降ろす。

その強烈な一撃が、ザジンバーの脳天を捉え砕く——と思われた。

しかし、そうはならなかった。

「なんやと！」

「悪いナ、拙者の角ハ、鋼《はがね》よりも硬いのダ」

カサシスの剣は、ザジンバーの角で受け止められていた。

ギャリッ！　という音は、カサシスの剣とザジンバーの角、どちらが欠けた音なのか。

「ぬン！」

「おわ⁉」

ザジンバーが角を振り上げ、カサシスは大きく弾き飛ばされる。

「先の戦いハ、相手が女だっタ。だガ、今は違ウ。何の気兼ねもなク、葬らせてもらうゾ」

「やばっ！」

未だ空中のカサシスは、体勢を崩したままだ。

さっきと同じ一撃を叩き込もうと、ザジンバーが槍を構える。

そこで、俺の視界は父に遮られた。

「おお、ムーダン、お前強かったんだな」

父と切り結んでいるのはムーダン。

ムーダンは二本の短剣を持って、果敢にも距離をつめて戦っていた。

だけど、互いの剣は当たらない。ムーダンが二本の短剣を常人ならざる速さで繰り出しても、だ。

父は、しゃがんだり、体をくねらしたりはしていながらも、足を床に縫い付けられたかのように、その場からまったく動かなかった。

「……異形の力を得てこのざまか。この化け物め」

そんな父を見て、ムーダンがぼやく。

「おいおい。化け物ってそりゃひどいんじゃねえか。あの骨とかミイラとか、ましてやあの王のほうが、よっぽど化け物だぜ？」

「見た目はそうかもな」

父の軽口を受け流し、ムーダンは短剣を一突き。しかし、やはり父には当たらない。

「でもよ、なんでお前は逃げなかったんだ？　最初に逃げた奴らと一緒に、行けばよかったじゃねえか」

「それはできなかった」

なぜ——と父が問うより前に、ムーダンが自身の頭に巻いていた布を取り払った。

露になる、ムーダンの素顔。

頬からは長い髭が生え、丸く薄い耳が頭頂部に近い場所にあった。

全体的に鋭い顔つきで、口は小さく、鼻も低い。

長い髪の毛の隙間から覗く目は、真っ赤に染まっている。

「お前、鼠人だったのか？」

その父の言葉にムーダンが反応するよりも早く、悲痛な叫びがあがる。

「ムーダン！」

スサナが彼の名を叫び続けている。

だが、ムーダンは彼女を一瞥するのみ。

「……スサナ。見るな」

その呟きは、スサナの耳には届かなかっただろう。

ムーダンの変化は、直後に起きた。

「つぐ！　ぐううう！　ああああああああ‼」

目を見開き、呻き、叫ぶムーダン。

彼の体が変化していく。

顔は灰色の体毛で覆われ、手足には鋭い爪が生える。

着ていた衣服は破け、その下からは毛皮に覆われた逞しい肉体が現れた。

「ムーダン、お前……」

「そうだ。奴の力を取り込んだんだ。全ては人間に復讐するために！」

「そのために、他の獣人達を犠牲にしたのか？」

「……彼らは初めから死ぬ覚悟ができていた。人間と戦い、死ぬ覚悟が。これは、俺自身の復讐だ！」

ザジンバーや王と同じく、ムーダンは獣に近い姿に変貌《へんぼう》を遂げていた。

「俺の邪魔をするな！　英雄！」

巨大な鼠の姿となったムーダンが跳躍し、父がそれを地上で待ち構える。

速い！

ムーダンの動きは、それまでとは比較にならなかった。

身を低くして左右に跳びつつ、一瞬にして距離を詰める。

低い体勢の敵を相手にするのは、非常に戦いにくい。

だが、父には通用しなかった。

いかにムーダンが左右に跳んで撹乱《かくらん》を試み、低い体勢から攻撃を繰り出したとしても、父にいなされ、すかされ、押しのけられる。

「くそっ！　くそっ！　くそっ‼」

ムーダンは我武者羅《がむしゃら》に腕を振る。

父は剣を振ってさえいなかった。ムーダンを攻撃しないのは、スサナを思ってのことだろうか。

「いきます！」

そんな中、俺の準備が終わった。

スケルトンの魂の救済を祈ると、光が玉座の間を満たしていく。

まばゆいばかりの光だが、不思議と眩しくはない。

骨は灰になり、スケルトンが崩れ去っていく。

そうして、残った影は三つ。

ムーダン、ザジンバー、そして王。それぞれは闇の結界のようなもので体を覆っていた。

シガンシンで見た、グレタが掲げた黒い宝玉から発したものと同じだ。

だが今、グレタの姿はここにはない。

「宝玉は、どこに……」

俺の呟きが王の耳に届いたらしい。王は不敵な笑みを浮かべ、自らの腹を叩く。

「あの女の持ってきた宝玉か。ここに在る。これはもともと、我の所有物ゆえ」

「……宝玉を、呑み込んでいるのか」

「左様」

おそらくだが、あの宝玉を砕くなり何なりしないと、あの闇の結界は解けない。

さらに言えば、王もまた、不死身の体を得ているはずだ。

だが、やるしかない。

スケルトンを浄化した光が集まり、俺の手には光の剣が出現していた。

「さあ、雌雄を決しようではないか」

王が玉座を降りる。それに続くのは、ザジンバーにムーダン。

オメテクトル神様、俺に力を……。

「来るがよい」

両手を広げる王に向かって、俺は疾走する。

王の腕は太く、その隆々たる肉体は鋼のごとく硬い。

さらには俊敏で、駆ければ風を起こし、俺の目に残像を残した。

横なぎに剣を払うが、光の剣は王を包む結界に阻まれ、肉体にまで届かない。

王が叩きつけてきた拳を、すんでのところで剣で受ける。

まるで岩が降ってきたかのような衝撃だった。

ただ一撃を受けただけで腕が痺《しび》れ、足が浮いて遥か後方へと飛ばされる。

床に着地すると同時にまた蹴って、王に肉薄し、剣を叩きつける。

前後左右から何度も試すが、結果は同じく、闇の結界は健在のままだ。

いや、光の剣が当たった瞬間、少しは闇が薄まる気はするのだが、すぐにもとに戻ってしまう。

「ぐはっ！」

「ムーダン！」

壁に何かが激突し、砕かれた。

聞こえてきた悲鳴から、何が起こったのかを推測する。

父がムーダンを吹き飛ばしたのだろう。スサナが駆け寄っている。

ムーダンはぐったりしているが、死んだわけではなさそうだ。

俺の肩に、父の手が置かれた。

「アラン、選手交代だ！　俺がそいつの相手をする。お前は何か対策を考えろ！」

王に向かっていく父の後ろ姿に、俺は絶対の信頼を寄せている。畏敬の念に近いかもしれない。

「久々に、本気を出すか」

「ほう、面白い。英雄の力がどれほどのものか、見せてもらうとしよう」

父の体から霊力が溢れ出る。それを収斂《しゅうれん》させて圧縮し、自身の体に満たしていく。

俺の目には、父の周りだけ空間が歪んでいるように見えた。

「行くぜ」

次の瞬間、父の体がぶれた。

土埃が小さく舞い、甲高い音が響き渡る。あまりの音の大きさに、俺は思わず耳を塞いだ。

見れば、瞬きの間に父は王に打ち込んでいた。

先程の甲高い音は、そんな父の剣を、王が手甲で防いだもの。

一瞬の硬直。そして再び動き出す。

二の太刀。父の剣はぶれて、王を捉えることはできなかった。

三の太刀。首を狙ったであろう剣は、やはり王の手甲と衝突して音を鳴らす。

四の太刀。袈裟《けさ》斬りだったのだろう。斜めから打ち下ろす剣が、王の足を動かした。

そして五の太刀、六の太刀、七の太刀。

父の動きは、俺とよく似ていた。床を蹴り、距離を詰めては剣を振り下ろして離れ、離れては詰めて、また剣を振る。

ただその力と速さは、俺のものとは別格だ。

踏み込む気配を感じさせず、瞬時のうちに近づき、渾身《こんしん》の一撃を放つ父。

俺の理想とも言える姿だった。

王は、次第に父の動きについていけなくなっていった。

剣を受ける甲高い音は鳴りを潜め、風を切る音が増えていく。王の体に剣が食い込み、あるいは通過していった。

だが、王は倒れない。いくら斬られようと、瞬時に傷が癒えてしまっているからだ。

だから王は傷を気にせず、父の剣をかわすでも受け止めるでもなく、ないものとして鋭い爪を振りかざす。その牙で、食いちぎろうとしてくる。

「あぶねっ⁉」

「ほう、よくかわしたな」

「はっ！　そんな攻撃が当たるかよ」

「かもしれんな。だが何度も繰り返していれば、いつかは届くやもしれぬぞ」

距離をとる二人。

確かに、王の言う通りかもしれない。

いくら父がとんでもない実力者だとしても、やはり人間だ。その体力には限りがある。

まだしばらくは問題ないだろうが、戦いが長引けば、あちらに天秤が傾いていくのは必至だ。何せ、相手は不死身なのだから。

「……ムーダン！　立っちゃダメだ、ムーダン！」

「スサナ……どいてろ」

「ムーダン‼」

王の背後で、体を震わせて立ち上がろうとしているムーダン。

彼の前に立ち塞がるスサナが、必死に声を掛けている。

その声が耳に届いたのだろう、王が一言呟いた。

「……ふむ。ぎゃあぎゃあと煩《うるさ》い虫がいるな」

王が振り向いた。床を踏み、ムーダンとスサナのもとへ瞬時に移動する。

ムーダン達の前に飛び出したトーレスとフルリオのくぐもった悲鳴が聞こえたのと、彼らが吹き飛ばされたのは同時だった。

スサナは王に背中を向けていた。ムーダンと向き合っていたのだから当然だ。

王の動きに、まったく反応できていないスサナ。

「去《い》ね」

「スサナ‼」

王が腕を振る。だが、それは空を切った。

視線を自らの左に動かす王。

「……鼠が。何のつもりだ？」

その先には、スサナを抱きかかえたムーダンの姿があった。

「……スサナには……妹には、手を出させない。たとえそれが、王であっても」

「ムーダン……」

獣のそれになってしまった腕の中で、スサナは彼の名を呟く。

「ほう。王に逆らうというのか」

「……貴様は、もはや俺の王ではない！」

「なるほど……ならば貴様は敵ということか。そこの人間の英雄らと等しき存在なのだな。貴様は獣人の王である我ではなく、人間と轡《くつわ》を並べ、我が覇道を阻むか」

王が二人を見下ろし、そしてもう一度腕を振り上げた。

「ならば死ね」

身を竦《すく》めて目を瞑るスサナとムーダンだったが、王の爪が二人を切り裂くことはなかった。

「おいおい。今戦ってるのは俺だろ？　余所見するなよ」

王の鋭い爪は、剣によって阻まれていた。

瞬時のうちに体を滑り込ませた父が、そこにいたのだ。

「貴様……」

「というわけで、戦いはこれからだ！　続き、いくぜ！」

父と王の、常人ではとても入り込めない戦いが再開された。

「ムーダン、大丈夫か？」

「……ああ」

俺はトーレスとフルリオを診《み》た後、ムーダンにも治療を施す。

敵対したはずのムーダンは、素直にそれを受け入れてくれた。

「……くそ」

ムーダンが小さく悪態をこぼす。

「俺はただ、仲間を、獣人を守りたかっただけだ。なのに、なんでこんなことに……くそっ！　……くそっ！　……くそっ！」

それは独白だった。涙を流し、彼はただ後悔の言葉を口にしていた。

ムーダンは獣人の皆を助けたかったと言っていた。だけど、復讐とも言っていた。人間への復讐だと。

スサナとは兄妹であることが先の言葉でわかったが、一体誰を奪われたのか……。

いや、それは聞く必要のないこと。

ルチアの母親が遊びで殺されるような社会なのだ、ここは。ムーダンとスサナが体験してきたことなど、俺には想像もつかない。

「……なぜ、俺はあんな声に従ってしまった……？　あんな女の声に耳を傾けた……」

ムーダンの自責の言葉が続く。

俺は治療を施しながら、ムーダンに語りかける。

「……起こってしまったこと、終わってしまったことは仕方がない。問題は、これからどうやって生きるかだ」

「……これから？　俺は、これからも生きられるのか？」

「当たり前だ。ムーダンにその意思があるのなら、必ず」

「しかし、俺は復讐のために皆を巻き込んだんだぞ？　許されるわけがない……」

「ならその人達を、今度はムーダンが救えばいい。許される、許されないじゃない。そうするんだ」

俺は、ムーダンの目をじっと見つめた。

「救う……」

「ああ！」

ムーダンの目に力が戻るのと同時に、彼の体が光に包まれた。

まるで内側から溢れ出るような光。その光は間違いなく俺のものと同じ。祝福の光だった。

俺が今ムーダンに施していたのは、一般的な治癒術だ。だから、この現象はどうにも理解できないのだが――。

すぐに、変化は現れた。

「ムーダン、体が！」

光が収まった後、ムーダンの姿が元に戻っていた。

「これは……戻ったのか」

邪神の力は、もう感じられない。

思い起こしてみれば、初めて出会ったときにムーダンに力を使っていた。あれのお蔭で、ムーダンは今、歪《いびつ》な力から解放されたのだろうか。

実際どうなのかはよくわからないが、これだけは言える。彼の心が、邪神に勝ったのだ。

「アラン！　こっちも手伝ってーな！」

声を上げたカサシスの方を見れば、燃え上がる火だるまから逃げ回っている。

その様子から危うさは感じられないが、あっちも不死身の相手なのだ。

助けに行かねば——そう思った直後だった。

「私が手伝ってあげるわ！」

火だるまとなったザジンバーが、さらに大きく燃え上がる。

あまりの火力で、ザジンバーの手足が炭化し始めた。

聞こえてきたその声は、ここではなく地上にあるはずのもの。

長い金髪が翻《ひるがえ》る。

「その声……フラン姉ちゃん!?」

「助けに来たわ！」

なぜ彼女がこんなところに？

「上は問題ないわ。大丈夫！　途中で出てきた変なのも、これで燃やしてきたから！」

「燃やしてきたって……」

唖然《あぜん》とする俺に、フラン姉ちゃんは得意げに言う。

「あの火を見なさい。なんだか違うと思わない？」

「違う……？」

今なお火で焼かれ続けているザジンバーを見る。

あれだけ焼かれて死ぬことができない彼を、正直気の毒に思う。

だがいくら見ても、フラン姉ちゃんの言う違いはわからなかった。

わからない、と答えると、フラン姉ちゃんは興奮した様子で言った。

「理由はわからないけど、アランの光の性質みたいなものが、あの火にもあるらしいのよ」

なるほど、確かにザジンバーの闇の結界が発動している。

発動しているが、光の属性が付与された炎で焼かれ続け常時展開しているせいで、結界の色が薄くなっているようにも見える。

呻くザジンバーを尻目に、カサシスが合流する。

「すっごいなあ、フラン姉ちゃん。アラン、今ならあいつ、やれるんやないか？」

「そ、そうか！」

俺はカサシスに頷き、光の剣を携えてザジンバーに突っ込んでいく。

闇の結界は、ほとんど消えかかっていた。

そのザジンバーに向け、剣を振り上げ一閃。

「……あっ⁉」

俺の剣を浴び、光に還っていくザジンバー。

手の先、足の先から徐々に光の粒子となって消え、自慢の角も形を崩していく。

最期に見えたその表情は、安らぎのある穏やかなものだった。

そうして、あとに残るは王のみ。

そこで俺は、あることに気づく。

フラン姉ちゃんの炎には、俺の祝福の光と似た性質が宿っていた。つまり、この光の力は――。

「ええい、鬱陶《うっとう》しい！　なんだこの炎は！」

フラン姉ちゃんの生み出した炎に囲まれ、王は苛立ちの声をあげる。

その隙に、俺は急いで準備を進めた。

おそらく、これで対抗できるはず。

「小賢しい人間どもめ！」

王は咆哮を上げながら腕をふり回し、フラン姉ちゃんの生み出した炎を吹き飛ばした。

その直後、いくつもの斬撃が降りかかる。

トーレスとフルリオ、カサシス、父。そして俺とフラン姉ちゃん。皆の剣が、光輝いている。

そう、俺は全員に光の剣を配っていたのだ。

考えれば簡単なことだった。今まで、なぜその考えに行きつかなかったのかと思うくらい。

俺に与えられた力は、使われた人の能力を向上させる力と、死者を救う力、邪神を退ける力。主にはその三つだ。

発動の仕方は同じで、俺自身、それらを使い分けたことなどない。必要な場面で、自動的に効果が変わるといった感じだった。

能力向上の力を人に与えることができるなら、光の剣だって同じ。つまり、そういうことだったのである。

現にフラン姉ちゃんの火の精霊には、その性質がある。

単に今まで、俺自身が先入観でできないと考えていたにすぎなかった。

いくつもの光の剣。その刃が当たるたびに、王の闇の結界が削られていった。

光に目が眩んだのだろう、王の爪も牙も、見当違いな場所を空ぶっている。

やがて闇の結界は、光の前に消え去った。

父の剣が王を斬り裂き、カサシスの剣が宝玉を砕いた。

そして俺が、王を――。

光が迸《ほとばし》る。

それは幻聴か、幻覚か。

光の中で、俺は確かに見た。聞いた。

『王よ。我等と帰りましょうぞ』

『一緒に帰るんだな！』

『私達もお供いたします！』

王の側近達——彼らが確かにそこにいた。死してなお、忠義を尽くそうとした者達が。

「お前達……‼」

王にも、彼らの姿が見えるのだろう。

彼らは手を伸ばす。王を導かんとするために。


「……我は、敗れた……か」

仰向けに倒れ、ぼんやりと目を開く王。彼の声はかすれている。

「……東、だ……」

「東？」

「……そう、我を蘇らせた女は東に……地平と海の果ての……さらに東。我らに生のあった旧《ふる》き時代……彼の軍勢は……そこからやってきた……」

「……東」

「……邪神については、我も詳しくは知らぬ……だが、こう呼ばれていた……」

――滅びのズローグ。

「それが、邪神の、名前？」

光の粒子となり、消え去りゆく王。無言で頷く王は、もう胸から上しか残っていない。

ここにいられる時間は、あとわずかだ。

「……そろそろ、行かねばならぬか……」

もっと聞きたいことがあった。だが、引き留めることはできない。

彼はこれから、光の道を進んでいくのだから。

「……さらばだ、王人よ。……我らを救いしそなたに、感謝を……」

王は光と共に、この世を去っていった。

穏やかに呟いたその言葉だけが最後に留まり、それもまたいつしか溶けていったのだった。

エピローグ

ダオスタから脱出し各地に散っていった獣人達は、その多くが逃げ延びた。

北はステッジ王国。南はシルケン公国。船に乗って、西のナグア諸島へ。そして東へはドゥルアーン帝国。

彼らはムーダンの言っていた通り、それぞれの国に受け入れられた。

「コノリ！」

「アランさん！」

事件が終わり、俺はあの川辺でコノリと再会を果たした。

泣いて俺の胸に飛び込んでくる彼女を受け止めたが、頭を撫でて泣き止ますのに時間がかかった。

だけど、もう焦る必要はないのだ。

——アランさんが逃がした獣人の人が、私を出してくれたんです。

コノリはそう言った。

そうか、あの立てこもっていた獣人が……。

正しい行いには、正しいことが返ってくる。
間違った行いには、間違ったことが返ってくる。
俺があのときにしたことは、決して間違いじゃなかった。
川辺に浮かぶ一艘《いっそう》の船が離れていく。
川鳥が群れとなって、優雅に浮かんでいる。
跳ねた魚に石を投げた子供が、母親に怒られている。
光溢れる、穏やかな風景だ。
ふと見上げると、一羽の鳥が頭上を旋回していた。
腕を差し出せば、待っていましたといわんばかりに降り立つ、鮮やかな赤と緑の鳥。
鳥は器用に嘴《くちばし》で自らの足にあった筒を外し、俺の手の平に置いた。
小さく丸められた紙片を広げる。
『シルケン公国にて、我活動せり。暫くの間、こちらに滞在する。——ルプス』
手紙には、簡潔にそう書かれていたのだった。

Re:Monster
ゲームアプリ解放《リリース》中!!
60万ダウンロード突破!
※2017年2月21日時点
App Store無料ランキング（ゲームカテゴリ）2位!
※2016年2月25日時点
Google Play™ 国内アプリ新着無料ランキング3位!
※2016年2月26日時点
おかげさまで誕生1周年!
喰えば喰うほど強くなるRPG!
Re:Monster《リ・モンスター》
〜ゴブリン転生記〜
書き下ろしマンガも公開中じゃよ
詳しくは
http://remonster.jp/
にアクセス!
【Android】Google Play
【iOS】App Store
で好評配信中!
携帯サイトはこちらから!
©Kogitsune Kanekiru ©AlphaPolis Co., Ltd.

定価：本体1200円+税　ISBN：978-4-434-23145-2

職歴こそパワー！のエンジニアリングファンタジー！

異世界に転生した、元システムエンジニアのロディ。
魔術を学ぶ日が来るのをワクテカして待っていた彼だったが、適性検査で才能ゼロと判明してしまう……。
しかし失意のどん底にいたのも束の間、誰でも魔術が使えるようになる“魔術陣”という希望の光が見つかる。
更に、前世で得たプログラミング知識が魔術陣完成の鍵と分かり——。

●定価:本体1200円＋税 ●ISBN978-4-434-23012-7

illustration:SamuraiG

最強の職業は勇者でも賢者でもなく鑑定士（仮）らしいですよ？
あてきち
ATEKICHI
【備考】
HPを少量回復することができる魔法薬。
魔物の弱点探しも
瀕死からの回復も……
鑑定士（仮）にお任せあれ!

最強の職業は勇者でも賢者でもなく鑑定士（仮）らしいですよ？
あてきち
ATEKICHI
迷いこんだ異世界で使えるのは非戦闘スキルのみ!? ピンチ……いやいや超有能でした!
魔物の弱点探しも瀕死からの回復も……
鑑定士（仮）にお任せあれ!

ネットで話題沸騰！
アルファポリスWeb漫画
面白い漫画が毎週読める!!
アルファポリス
COMICS
ゲート
GATE
自衛隊　彼の地にて、斯く戦えり
原作：柳内たくみ
漫画：竿尾悟
原作：秋川滝美
漫画：しわすだ
居酒屋ぼったくり
原作：サカモト666
漫画：水清十朗
ダンジョンシーカー
The Dungeon Seeker
原作：瀬戸メグル
漫画：橋本ユウシ
邪竜転生
原作：黒井へいほ
漫画：佐々木あかね
ヤンキーは異世界で精霊に愛されます。
人気連載陣
THE NEW GATE
月が導く異世界道中
のんびりVRMMO記
転生しちゃったよ（いや、ごめん）
魔拳のデイドリーマー
獣医さんのお仕事 in 異世界
平兵士は過去を夢見る
and more...
原作 椎名ほわほわ
漫画 六堂秀哉
とあるおっさんのVRMMO活動記
原作：金斬児狐
漫画：小早川ハルヨシ
Re:MONSTER
リ・モンスター
選りすぐりのWeb漫画が
無料で読み放題！
今すぐアクセス！
アルファポリス 漫画
検索
アルファポリスアプリ
スマホでも漫画が読める！
App Store/Google play
でダウンロード！

神田哲也（かんだてつや）
長野県在住。2010 年 10 月より「小説家になろう」で本作の連載を開始。2015 年、本作で出版デビュー。空を見上げることが多い。セロリが苦手。

イラスト：我美蘭
http://gabiran.seesaa.net/

王人《おうびと》5

神田哲也

2017年　3月 31日初版発行

編集－篠木歩・太田鉄平
編集長－塙綾子
発行者－梶本雄介
発行所－株式会社アルファポリス
〒150-6005 東京都渋谷区恵比寿4-20-3 恵比寿ｶﾞｰﾃﾞﾝﾌﾟﾚｲｽﾀﾜｰ5F
TEL 03-6277-1601（営業） 03-6277-1602（編集）
URL http://www.alphapolis.co.jp/
発売元－株式会社星雲社
〒112-0005 東京都文京区水道1-3-30
TEL 03-3868-3275
装丁・本文イラスト－我美蘭
装丁デザイン－ansyyqdesign
印刷－中央精版印刷株式会社

価格はカバーに表示されてあります。
落丁乱丁の場合はアルファポリスまでご連絡ください。
送料は小社負担でお取り替えします。

ISBN978-4-434-23141-4 C0093